이대로
문방구를
하고 싶었다

이대로

불확실한 미래로 낙망할 때 책을 읽었다. 책은 녹록치 않은 현실을 벗어나는 출구가 되어 주었다. 책을 읽으니 글을 쓰고 싶어졌다. 특별하지는 않지만, 소소한 나의 이야기를 써서 여러 매체에 올렸다. 신기하게도 많은 사람들이 공감해 주었다. 이제는 혼자가 아닌, 다른 누군가와 함께 읽고 쓰는 삶을 꿈꾼다.

인스타그램. @daero8983
브런치. www.brunch.co.kr/@clearoad

이대로
문방구를
하고 싶었다

이대로 에세이

씽크
스마트

1장. ～～～～～ 문방구 일상은 어떠할까?

2장. ~~~~~~~~~~~ 살다 보면 어려움도 있고 보람도 있고

3장. 〰〰〰〰 이들 덕분에 내가 산다

1장

문방구 일상은 어떠할까?

낭만과 현실은 달랐다 / 네가 문방구를? / 아저씨로 다시 태어나다 / 가장은 책임진다 / 문방구는 요술주머니? / 일요일, 문 안 열어요? / 장사는 쉬운 게 아니야 / 쓸데없는 짓 사지 마! / 아빠, 할아버지 같아! / 아이가 깼어

낭만과
현실은
달랐다

잔잔한 음악이 깔린다. 이왕이면 클래식이면 좋겠다. 〈사계-봄〉 정도? 은은한 커피 향이 코를 간질인다. 손으로 내린 드립 커피까지는 아니더라도 아메리카노 정도면 OK! 아침 7시, 일찍 문을 열고 가게 안팎을 깨끗이 청소한다. 에이, 기분이다. 옆 가게 쪽까지 쓸어준다. '오늘은 어떤 아이들이 찾아올까?' 부푼 기대감으로 문방구의 아침을 맞는다.

아침 7시 40분. 한쪽 머리가 떠 있는 아이들이 하나둘씩 찾아온다.

"경호야! 안녕, 아침은 먹었어?"
"수영아! 어젠 안 왔네! 새로운 과자 들어왔는데."
"재영아! 오늘 준비물 다 챙겼어?"

세상에 이런 아름다운 문방구 사장이 있을까? "내가 그의 이름을 불러 주었을 때, 그는 나에게로 와서 꽃이 되었다"라던 시인의 낯간지러운 표현을 들먹이진 않더라도, 나는 아이들 이름을 한 명씩 부른다. 무거운 가방을 들고 등교하는 아이들에게 조금이라도 힘이 되어 주려 더 크게 인사한다. "학교 잘 갔다 와!" 손을 번쩍 들어 흔들며.

어머님들에게도 싹싹하다.
"재영이 어머님 안녕하세요. 아침에 애들 챙기느라 힘드시죠?"
"수영이 어머님 안녕하세요. 애가 셋이라 정신없으시겠어요?"
어머니들은 한쪽에서 이런저런 얘기를 나누며 수다 삼매경이다. 잠깐이지만, 이곳은 동네 마실 장소로 충분하다.

정신없었던 아침 장사가 끝나고 이젠 나만의 시간. 클래식을 끄고 내가 좋아하는 경쾌한 음악을 듣는다. 페퍼톤스의 〈Ready, Get Set, Go!〉. 볼륨도 높인다.

"출발을 알리는 경쾌한 총성…."

새로 구입한 노트북을 펼쳐 SNS에 접속한다. 어젯밤 올린 글의 댓글을 확인. 댓글을 달며 온라인 친구들과의 소통은 필수다. 블로그도 확인한다. 포스팅이 조금 밀렸다. 서평, 영화평, 사는 이야기…. 글 쓸 재료는 충분하다. 글 좀 쓰려는데, 누군가 찾아온다. 유치원에 아이를 등교시키는 어머님들의 차례다.

"정우 어머니 안녕하세요!"

하지만 현실은….

이 모든 소리는 개뿔! 클래식에 아메리카노라고? 여기는 전쟁터다. 7시에 가까스로 일어나 간신히 세수하고, 아침 먹는 둥 마는 둥 하고 허겁지겁 집을 나서며 시계를 보니 7시 30분. 7~8분 거리의 가게에 도착한 뒤 급히 문 열고, 거스름돈을 금고에 넣고, 아침 준비물 챙겨 놓으면 7시 45분. 그때부터 손님(이라고 쓰고 악동이라고 읽는다)이 들이닥친다. 이 말 외에 다른 표현은 없다. 그들이 '들이닥친다'.

"아저씨(사장님이라고 공손히 부르는 사람은 없다). 고무찰흙 어디 있어요?"
"샤프심이요."
"스카치테이프요."

"4절지요."

"컴싸(컴퓨터 싸인펜)요."

"실내화 240이요."

"새로 나온 딱지요."

…

무차별 폭격이다. 자비도 없는 놈들! 난 혼잔데 일방적으로 공격해 오면 어쩌잔 말이냐? 순간 카운터 앞은 아비규환이다. 손과 손이 엉키고, 말과 말이 엉키고, 돈과 돈이 엉킨다. 빨리 이 시간이 지나기를 간절히 바라지만, 시간이 멈춘 듯 시곗바

문구점은 아이들의 보물섬이다

늘은 도무지 움직이지 않는다.

이름을 불러 준다고? 다시 한번 개뿔! 그런 낭만은 잊은 지 오래다. 내가 살아야 하는데 무슨 이름을 불러 주나? '수영, 재영, 경호' 대신 '야!'라고 안 부르면 되는 거지.

8시 30분. 정신없던 아침 등교 시간이 마침내 지나갔다. CCTV를 재생해 본다면 아마 사람 모습의 기계가 보일 것이다. 정확한 가격 알려 주고(물론 가끔 틀리기도 하지만), 위치 알려 주고(직접 찾아가서 챙겨주는 친절도 가끔 발휘한다!), 돈 받고, 거스름돈 주고, 인사하고, 또 가격 알려 주고…. 그렇게 수십 번 하면 평화가 찾아오는 것이다. 무더위가 지나간 늦여름임에도 옷과 얼굴은 온통 땀범벅이다. 하루에도 두세 번은 샤워해야 한다.

식어버린 인스턴트커피를 마시며 호흡을 가다듬는다. 어젯밤 늦게 먹은 야식과 대충 때운 아침 식사와 커피가 삼위일체가 되어 내 뱃속을 뒤흔든다. 마치 이 노랫말처럼.

"싸구려 커피를 마신다. 미지근해 적잖이 속이 쓰려 온다"

금고와 문을 잠그고 찾아간 화장실. 휴. 담배 연기가 아니라 한숨을 내쉰다. 반복되는 하루의 시작이다.

내 나이 38. 10년 다니던 회사를 사직하고 자신 있게 출사표를 던진 곳은 7평 남짓의 대전의 문방구. 때론 재밌고, 때론 눈물겹고, 때론 화나는 문방구 라이프. 세상에 남아 있다고 믿었던 '낭만'을 가지고 이 업계에 뛰어들었나 보다. 잘 몰랐기에 뛰어들 수 있었겠단 생각도 들지만, 그래도 조금씩 적응하고 있다.

정신없고 치열하지만 어린이들의 순수함이 살아있는 이곳, 문방구로 여러분을 초대한다. 이름하여 '문중일기!' 너무 거창하다고? 피까진 아니더라도 땀으로 썼단 말이다. 이해해 주시길. 개봉박두!

네가
문방구를?

"네가 문방구를?"

문방구를 한다고 말하면 지인들은 깜짝 놀란다. 나는 활달하지 않고 다른 사람하고 잘 어울리지 못한다. 요즘 유행하는 MBTI에 비춘 내 성격은 극도의 I형이다. 절대적으로 혼자 있어야 힘을 얻는다는 I형 말이다. 그런 사람이 장사라니? 그것도 항상 웃으며 많은 사람을 대하고 비위를 맞춰야 하는 서비스 직종을? 놀랄 만도 하다. 아이들에게 학용품을 팔고 있는 내 모습을 보면 나조차 놀란다.

문방구를 운영하기 전, 나는 한 기독교 편집부에서 잡지를 만들었다. 한 달에 절반 이상이 야근으로 바빴다. 몸은 힘들었지만 일은 재미있었다. 행사를 취재하고 글 쓰는 것이 적성에 맞았다. 2년여간 그 일을 해 오며 새로운 꿈이 생겼다. 출판사에 들어가서 책을 만드는 것이었다. 잘 다니던 직장을 그만두고 퇴사했다. 문제는 갈 곳이 정해지지 않은 상황이었다는 것이다. 그때는 모험이라고 생각했지만, 무모한 짓이었다.

한마디로 대책이 없었다. 만약 타임머신이 개발되어 그때로 갈 수 있다면, 나 자신한테 충고할 것이다. "너! 제정신이야? 다니는 데나 제대로 다녀. 가장은 이리저리 꿈을 쫓아다니면 안 돼." 하고 말하며, 등짝 스매싱이라도 힘껏 날릴 것이다.

하지만 과거의 나는 새로운 꿈에 부풀어 현실을 직시하지 못했다. 몇몇 출판사에 지원서를 냈고 면접을 봤다. 출판에 대한 꿈과 이상은 컸지만, 경험이 미천했던 나는 풋내기일 뿐이었다. 낙방의 연속이었다. 조금 더 출판을 공부해야겠다는 생각에 출판학교 등을 알아보고 있었다.

그러던 중 어머니와 동생으로부터 연락이 왔다. 문방구 한번 해 보지 않겠냐고. 많고 많은 업종 중에서 문방구라니?

동생은 대전에서 남편과 함께 문구 도매점을 하고 있었다.

거래하는 문방구 중 하나가 문을 닫았는데, 장소도 괜찮고 매출도 어느 정도 나오는 곳이라고 했다. 지금 놀고 있는(그리고 당분간은 놀 것이 분명한) 내 생각이 나서 동생이 어머니와 함께 합동작전을 펼친 것이다. 어머니께서는 당장은 먹고 살아야지 않겠냐며 계속 권유하셨다. 지금 생각하면 참 생뚱맞은 일이다. 한 번도 가게를 해보지 않은 내게 가게를 해 보라고 등떼미는 것 자체가….

그런데 이상하게도 마음에 끌렸다. 아내와 상의 후에 문방구를 하기로 했다. 어머니 말씀대로 일단 먹고 살아야지 않나.

무작정 시작했던 문구점

그때의 내 모습을 돌아보자면 뭐에 홀린 듯했다. 평소에는 어머니 말과 반대로 행동했던 청개구리였는데, 그때는 효성의 아이콘처럼 "예"하고 순종했다.

부리나케 가게 계약을 했다. 서울의 집을 정리하고, 가게와 가까운 대전 집을 계약했다. 이 모든 것이 한 달도 채 안 된 시간에 이루어진 것이다. 번갯불에 콩 볶아

먹는다는 속담이 이렇게 잘 맞는 경우를 본 적이 없었다. 정말 무작정 시작했다. 물건의 가격도 잘 모르는 상태에서.

나는 제대로 선택한 것일까? 솔직히 지금도 정확한 답은 모르겠다.

이대로 문방구를 하고 싶었다

아저씨로
다시
태어나다

초점 없이 멍하고 퀭한 눈. 그 밑엔 때 이른 다크서클. 대충 감고 나온 머리는 온통 땀에 젖어 헝클어졌다. 후줄근하게 걸려 있는 셔츠. 맨발에 슬리퍼.

치열한 아침 장사(라고 쓰고 전쟁이라 읽는다)를 마치고 난 다음에 화장실 거울에 비친 내 모습이다. 한 단어가 생각난다.

아. 저. 씨!

예전에는 배는 나왔어도 '동안'임을 나름 자부했다. 지금은 노안이 아님을 감사해야 한다. 나는 '진짜' 아저씨가 된 것이다. 하루에도 수백 번씩 '아저씨'라며 나를 부르는 아이들 틈에서 나는 아저씨 그 이상도 이하도 아니었다.

아무것도 모르고 무모하게 문방구를 시작했다. 그것도 낯선 곳에서. 다행히 두 달쯤 되니 적응이 되는 것 같다. 아침 7시 반에서 저녁 9시까지 일하고(낮엔 아내가 일한다) 주말에도 문을 열어야 하는 시스템도 적응됐다. 너무 피곤할 때는 일찍 문을 닫고 싶은 유혹도 찾아오지만, 그렇게는 안 되더라. 내 장사니까….

물건의 위치도 이젠 어느 정도 파악했다. 가격도 어느 정도 외웠다. 거스름돈을 잘못 준 적도 여러 번 있긴 하지만. 그 정도는 귀여운 실수 아니냐고? 모르는 소리! 이 업계에서 몇백 원 차이는 어마어마하다. 새로운 딱지와 카드도 들여놓고, "신상 나왔어!"라며 애들에게 외친다. 그토록 피하고 싶었던 문방구의 필수 업무인 포장도 능숙하게 할 수 있다(음. 과연?).

무척 바쁜 아침과 저녁을 빼고는 라디오도 크게 틀어놓는다. 일곱 평 문방구의 비좁은 카운터에서 책도 읽고, 이렇게 글도 쓴다. 원두커피나 아메리카노까지는 아니더라도 인스턴트커피를 타 마시는 여유도 부린다.

아이들의 성향도 파악했다. 문에서부터 "안녕하세요." 90도 인사를 하고 들어오고, 물건을 살 땐 공손히 동전 올려놓고, 나갈 때도 "고맙습니다, 안녕히 계세요." 꾸벅 인사하는, 이른 바 '천사표' 아이들이 있다. 이들이 오면 막 신이 나고 힘이 난다. '문방구 하길 정말 잘했네'라는 생각이 절로 든다. 그들만 있으면 좋으련만…. 그렇지 않으니 세상은 참 공평(?)하다.

당연히 '진상' 아이들도 있다. 오백 원짜리 장난감을 백 원 깎아 달라고 떼쓴다. 이들과의 협상은 빨리 끝내야 한다. 길어 지면 길어질수록 그들의 술수에 말린다. 그래 봤자 어린아이 아니냐고? No! 이럴 때 보면 가슴속에 능구렁이 두세 마리는 들어 있는 것 같다. 동전을 팍팍 던지는 아이들도 있다. 이럴 때면 몇 번씩 가슴을 쓸어내린다. 속으로 백 번은 말했다. "야! 너 거기 이리로 와 봐! 너 그러면 안 돼!"

장사를 마치고 집에 들어가면, '하루가 이렇게 아무 탈 없이 지나갔구나….' 하는 안도감이 든다. 이런 기분마저 못 누린다 면 장사하기 더 힘들었을 것이다. 아무 일 없이 하루가 마감되 는 데에서 오는 소소한 기쁨. 그 기쁨을 문방구 아저씨는 느끼 고 있다. 아무 일 없을 내일을 기대하며 잠자리에 든다.

가장은
책임진다

앞서 말한 것처럼 어머니와 동생의 권유(협박?)로 문방구를 시작했건만, 안 해 본 일이어서 서툴렀다. 손님들에게 학용품을 찾아주는데 어디 있는지 몰라 헤매는 게 일상이었다. 거스름돈을 잘못 주기도 하고, 갑작스레 맞닥뜨린 진상 손님 앞에서 진땀 흘리며 감정을 소모하기도 했다.

그래도 꾸역꾸역 해 나갔다. 몇 개월 지날 때쯤에는 이런 생각이 들었다.

'괜히 시작했어. 그때 어머니 말을 듣지 말

고 내가 하고 싶은 일을 해야 했는데….'

돌이켜보면 철부지 같은 생각이 아닐 수 없다. 그때의 나는 나의 선택을 후회했다. 자연히 매사에 불평이 많아졌고 가게에 온 아이들에게도 불친절하게 대하게 되었다. 나는 내 삶에 당당하지 못했다. 다른 말로 하자면, 나는 내 삶을 책임지지 않았다.

그러던 중에 신학기가 되었다. 신학기는 문방구가 제일 바쁠 때이다. 많은 학생이 개학하고 입학하니 자연스레 필요한 학용품이 많았다. 요즘은 온라인으로도 많이 구매하지만 여전히 많은 학부모가 집 근처에 있는 문방구로 발걸음을 옮긴다. 이 단 한 주간의 매출이 일 년 매출의 많은 부분을 차지한다. 그렇기에 물건의 재고가 떨어지지 않도록 가게 뒤쪽에 많이 쌓아두어야 한다.

개학 당일, 많이 준비했음에도 학용품 재고가 동이 났다. 재빨리 동생네가 운영하는 도매점에 갔다 와서 한창 물건을 파는데, 또 떨어졌다. 그래서 늦은 8시쯤 다시 도매점에 갔다. 왕복 1시간이라 가까운 거리는 아니다. 차에 물건을 가득 채워 돌아오는데 퇴근 무렵이라 길이 많이 막혔다.

차에서 이런저런 생각이 들었다. 갑자기 눈물이 핑 돌았다. 오잉? 아직은 여성 호르몬이 나올 시기가 아닌데…. 집에서 놀고 있을 아이가 눈에 밟혔다. 아이 생각을 하니 마음 깊은 곳에서 무언가 올라왔다. 책임감이라 부를 수 있을까? '그래. 내가 선우 때문에 이렇게 열심히 살아가는 거지.' 더 열심히 살아야겠다는 다짐을 해보았다. 그날 가게를 마치고 10시 넘어서 집에 들어갔다. 피곤했지만 기분은 상쾌했다.

그때의 기분이 아직도 생생하다. 어떤 계기로 문방구를 하고 있든 지금의 나는 문방구를 운영하는 사장이다. 알바가 아니다. 종업원도 아니다. 그러니 내가 책임지고 가게를 꾸려야 한다. 그래야 내 가정을 꾸릴 수 있고, 지켜나갈 수 있다.

책임감이 옅어질 때도 있다. 가게를 하면서 그만두고 싶을 때도 여러 번 있었다. 그때마다 신학기를 생각하며 마음을 다잡는다. 누군가 "네가 문방구를?" 하고 물어본다면, 나는 이렇게 대답하려 한다.

"응. 나 문방구 사장이야."

"문방구 하는 거 안 힘들어?" 라고 묻는다면, 나의 답은 이렇다.

전쟁터 같았던 신학기

"뭐. 안 힘든 게 어디 있어? 그냥 하는 거지."

나 좀 멋있지 않나?

문방구는
요술주머니?

　　치열한 아침 장사가 끝났다. 이젠 그래도 여유롭다. 초창기에는 아침 내내 선 채로 아이들 맞이하고, 일일이 물건을 찾아 주느라 정신없었다. 지금은 사뭇 다르다. 카운터에 앉아 찾는 물건의 위치를 말로 설명해 주고, 손짓으로 아이들을 움직인다. 아이가 찾기 어려운 종이나 악기 같은 것들만 직접 찾아 준다.

　　왁자지껄한 아이들이 한바탕 지나간 8시 반. 이때부턴 어린아이를 어린이집에 등교시키거나 일찍 장을 보러 오는 어머니들이 오신다. 한 어머니가 들어오시더니 "송곳 있어요?"라고 묻는다. 드디어 올 게 왔다. 없는 물건이다! "예? 송곳이요? 잠깐만요. 그게 지금 없네요. 죄송합니다. 언제까지 필요하세요? 갖다 놓겠습니다."

꾸벅 인사하고는 카운터에 놓인 장부에다 크게 적는다.
'송곳'
손님들이 찾는 물건이 없을 때, 내가 반드시 해야만 하는 행동이다. 초기에는 물건이 많이 없어서 다른 단어를 넣은 문장을 손님들에게 수백 번씩 사용했다.
"예? ○○이요? 그게 지금 없네요. 죄송합니다. 갖다 놓겠습니다."
이젠 자연스럽게 그 문장이 나온다. 마치 유행어처럼 하루에도 몇 번씩. 송곳, 유리병, 철끈, 우비, 빗자루, 석고 가루, 인주, 영수증, 마우스패드, USB, 안전가위, 털실, 바늘, 이력서, 돋보기, 핫팩…. 아니, 왜 이렇게 문방구에서 찾는 게 많은 거야?

문방구를 시작할 때, 내 생각은 이랬다.
'아이들을 상대하는 거니까 그래도 괜찮을 거야. 어렵진 않겠지?'

크나큰 착각이었다. 나의 명백한 실수였다. '문방구=아이들'이 아니었던 것이다! 그렇다면 정답은 무엇일까?

찾아오는 손님 계층을 보자. 기본적으로 근처 학교 학생이 온다. 주변에 초등학교 2개, 중학교 2개, 고등학교 1개가 있다. 문방구를 열기에는 천혜의 장소이다. 아직 학교를 다니지 않는 아이들(5~7살)도 주기적으로 방문한다. 마치 동네 마실 나오듯, 딱히 살 것도 없으면서 필요한 것도 없으면서 혹 둘러보고 간다. 더 어린아이도 온다. 엄마 손을 잡고 와서 떼쓰는 '나 저거 사줘!' 신공을 발휘하여 엄마와 심각한 협상을 하기도 한다.

여기까지가 내가 생각한 시나리오였다. 하지만 내가 미처 생각지 못한 변수가 있었다. 바로 아이의 필요가 아닌, 순전히 '자신'의 필요로 문방구를 찾아오는 어른들이다. 생활용품을 찾는 어머니들, 사무용품을 찾는 아버지들, 볼펜이나 사소한 물건을 찾는 어르신들, 이력서를 찾는 취준생에 이르기까지….

그렇다. 실로 모든 계층의 사람이 다 오는 것이다. '문방구=아이들+α(알파)'였던 것! 그렇기에 찾는 물건의 종류도 다양할 수밖에 없다. 공간이 여유로웠던 가게는 손님들이 찾는 물건을 부지런히 갖다 놓는 터에 조금씩 좁아졌다. 학용품의 종류도 많아 보기 좋게 잘 정리하는 것이 매일 맞이하는 난제다.

가게는 좁은데, 물건을 매일 들여놓아도 들어갈 공간이 보인다. 7평 가게에 계속 무언가가 들어간다. 마치 70평처럼…. 참 신기한 일이다. 옛날 전래동화에서 본 요술 주머니 같다. 물건이 들어갈 만큼 들어갔어도, 계속 들어갈 공간이 보이고 생긴다. 때로는 손님이 찾는 게 없어 사 왔는데, 떡하니 그 물건이 "아저씨, 나 여기 있어요!"라고 빛을 발하며 웃을 때도 있다. 그때의 머쓱함이란….

지금은 손님들이 찾을 만한 것들을 미리 구비해 놓고 있다. 유비무환이라고 하지 않나. 문방구의 필수 아이템 게임기도 놓았다. 아이들에게 인기 만점이다. 가게가 조금씩 자리를 잡아가나 보다. 대표적인 생활용품 상점 다이ㅇ까지는 아니더라도, 우리 가게도 있을 건 다 있다! 야호!

문구점엔 없는 게 없다

일요일,
문 안 열어요?

       날씨 좋은 주말 오후. 바람 쐬러 나
가는 사람이 많다. 다들 기분 좋게 놀러 가는
데, 홀로 가게에 멍하니 앉아 있다. 내가 느끼
기에도 안색이 좋지 않다. 누군가 내 모습을
본다면, 뭐라고 한마디 했을 것 같다.

  "괜찮으세요? 정신 좀 차리세요."

  아침부터 배가 살살 아프고, 편히 앉아 있
을 수 없다. 어제 야식이 문제였나? 제대로 체
했나 보다. 손님도 별로 없는데 집에 가서 쉴

까? 하지만 그럴 수 없다. 난 함부로 쉬면 안 되는 자영업자니까….

처음에 문방구를 열었을 때는 '보통 사람들처럼 일요일에 쉬면 되겠지'라고 생각하고 쉬었다. 한 달쯤 지나자 이런 질문들이 들려오기 시작했다.

"일요일, 문 안 열어요?"
"일요일에 준비물을 사러 왔었는데 닫혀 있던데요?"

이렇게 되묻고 싶었다.

"물으시는 분은 일요일에도 일하세요?"
"너네는 일요일에도 학교 가니?"

일요일에 문 안 여냐는 질문은 이후로도 들려 왔다. 결국 학부모와 아이들의 계속된 질문과 부탁(협박?) 끝에 일요일에도 문을 열게 됐다. 그러고 보니 문방구가 위치한 상가 가게들은 주말에도 거의 일을 하고 있었다. 미용실, 빵집, 슈퍼, 세탁소, 반찬가게…. 그때까지도 자영업자의 기본적인 소양과 생각이 없었던 것 같다. 예전 직장 다닐 때의 습관, 월요일부터 금요일까지 일하고 주말에 쉬는 습관을 버려야 했다.

　지금은 주말에 일하는 게 어느 정도 익숙해졌지만, 처음에는 남들 다 쉬는 주말에 일한다는 게 썩 마뜩잖았다. 물론 평일보다는 늦게 열고 일찍 닫는다. 손님은 많지 않아 힘들지는 않지만, 이건 일하는 것도 쉬는 것도 아니었다. 주말이란 내게 평일의 연장선이었다. 깔깔 웃으며 문방구에 오는 가족을 보면 왠지 마음이 좋지 않았다. 괜한 심술도 났다. 에휴, 저렇게 주말에 가족끼리 잘 다니는데 난 오늘도 일하는구나. 명절 연휴가 좀 짧았으면, 임시 휴일이 없었으면, 하는 생각도 했다.

　그러나 나는 차차 바뀌기 시작했다. 자영업자는 말 그대로 자신의 가게를 운영하는 사람이다. 본인이 하나부터 열까지 다 책임을 져야 한다. 무엇보다도 '수입'에 100% 책임이 있다. 문을 연 시간만큼 돈을 번다. 열 시간 열면 열 시간 치 버는 것이고, 여덟 시간 열면 여덟 시간 치 돈을 버는 것이다. 너무도 정직하다.

　직장 다닐 때는 아프면 월차나 반차, 휴가를 사용해서 병원에 가거나 집에서 쉴 수 있었다. 주말에는 특별한 일 없으면 쉬었다. 지금은 그럴 수 없다. 아파도 손님이 많은 시간에는 반드시 자리를 지켜야 한다. 주말에 몰려 있는 경조사는 못 지킨 지 오래다. 맘 넓은 지인들이 용서해 주고 이해해 주길.

　저녁 장사를 마치고 집에 들어오면 제일 먼저 수입 결산을 한다. 몇 달 동안 주머니에 접혀 있던 것 같은 꼬깃꼬깃한 지폐가 수북한데, 그 광경을 보고 있으면 기분이 묘하다. 치열하게 살았음을 느낀다. 하루의 수고를 보상받는 기분이랄까. 스스로에게 손뼉이라도 치고 싶어진다.

'그래, 오늘 이만큼 벌었구나.'

수입의 많고 적음을 떠나 이 감정이 중요했다. 이것 때문에 '문방구 그만할까?'라는 마음을 꾹 누르고, 꾸역꾸역 지속했는지 모른다. 직장 다닐 때는 이런 마음을 느끼지 못했다. 그때도 감사하긴 했지만 지금과는 차원이 다르다. 한 달 일하고 통장에 월급이 들어오면 '들어왔네' 하고 지나치기 일쑤였다. 비슷한 액수로 매달 들어오고, 다음 달에도 또 그만큼의 돈이 들어올 거니까….

지금은 한 달에 한두 번 쉬고 있다. 주말에 일하는 것에 적응이 되어 이제 힘들지는 않다. 평소에 하지 못했던 취미 생활(미드 보기, 독서, 글쓰기)을 하며 나만의 주말을 보내고 있다. 주말 저녁은 유일하게 한 가족이 모여 식사를 하는 소중한 시간이다. 쉬는 날이 별로 없는 만큼, 쉴 때는 잘 쉰다. 가까운 곳에 바람 쐬러 가기도 하고, 집에서 밀린 잠을 자기도 한다. "다음 달에는 어디로 놀러 갈까?" 아내와 얘기하며 설렘을 갖는 것은 자영업자가 누릴 수 있는 기쁨이다.

자영업자는 함부로 쉴 수 없다

일요일. 변함없이 가게를 연다. 오늘은 어떻게 시간을 보내 볼까? 우선 기분 좋아지는 음악을 크게 들어야겠다. 나한테 들려주고 싶은 노래가 생각났다. 옥상달빛의 〈수고했어 오늘 도〉.

수고했어 오늘도
아무도 너의 슬픔에 관심 없대도
난 늘 응원해, 수고했어 오늘도.

장사는
쉬운 게
아니야

오후 4~5시. 학교 끝난 아이들이 아직 저녁을 먹지 않은 시간. 등교 시간만큼은 아니더라도 이때도 제법 바쁘다. 준비물을 사러 오는 아이들 때문이다. 문방구 필수 아이템인 불량 식품을 사러 오는 아이들까지 있어 정신없다. 게다가 어린아이와 함께 온 장바구니를 멘 엄마들까지 합세해 좁은 문방구는 발디딜 틈 없이 혼잡하다. 어김없이 바쁜 시간을 보내고 있을 때, 왁자지껄한 아이들 사이로 날카로운 소리가 들렸다.

"야! 그걸 왜 사? 그딴 거 사지 마!"

새로 나온 카드를 사려는 아이를 향한 엄마의 잔소리였다. 순간 난 얼어붙었다. 과장을 보태자면 몸의 온 신경이 곤두선 듯했다. '그딴 거?' 그 순간 나는 '그딴 거'나 파는 사람이 된 것이었다. 그날은 장사하기가 힘들었다.

장사에 적응되었다 싶을 때, 이런 소리를 들으면 회의가 든다. 진이 빠진다. '휴. 장사가 역시 힘드네. 난 장사 체질은 아닌가 보다.' 몸무게도 거의 10킬로그램이 빠졌다. 몸이 힘든 것보다 더 힘든 건 정신적으로 힘든 것이었다. 자연히 짜증도 늘었고, 손님들 욕도 많이 한다(물론 뒷담화로!).

한번은 가게에 과자를 납품하시는 아줌마와 이런저런 얘기를 나누다 아줌마에게 무심코 어려움을 토로했더니 30년 넘게 이쪽 일을 하시는 아줌마 왈,
"장사는 쉬운 게 아니야! 오장육부 다 끄집어내서 하는 게 장사야."
모든 걸 다 초월하신 듯한 말이었다. 갑자기 옛날 노래 한 소절이 떠올랐다.

산다는 건 그렇게 아니겠니
원하는 대로만 살 수는 없지만

알 수 없는 내일이 있다는 건

설레는 일이야 두렵기는 해도

산다는 건 다 그런 거야 누구도 알 수 없는 것

-여행스케치, 〈산다는 건 다 그런 게 아니겠니〉

절로 고개가 끄덕여진다. 그래, 산다는 건 다 그런 거다. 원하는 대로만 어떻게 살 수 있나. 지금 난 서비스업을 하고 있다. 서비스업이 원래 감정노동이라지 않나. 나보다 더 힘들게 돈 벌고 있는 사람도 많을 것이다. 장사란 게 그런 것 같다. 아니, 산다는 게 그런 것 아닐까? 힘든 일 있으면 기쁜 일도 있고, 또 우는 일 있으면 웃는 일도 있는 거다. 그저 하루하루 꾸벅꾸벅 걸어가면 되지 않겠나.

다행히 나를 좋아해주는 사람들도 있다. 바로 그 지긋지긋한(?) 악동들. 길거리에서 나를 보면, "어! 문방구 아저씨다! 안녕하세요."라며 인사한다. 민망한 나는 "응, 그래." 하며 빨리 발걸음을 옮기지만, 기분은 괜찮다.

조금 늦게 출근하는 주말, 문을 채 열지도 않았는데도 목이 빠지도록 기다리는 아이들도 있다. 문을 열면 "아저씨! 기다렸어요."라며 밀물처럼 몰려온다. 물건 사고 나서, "수고하세요."라며 자기들도 의미를 모를 인사말을 건네는 아이들도 있다. 오늘도 난 가게 문을 연다. 아이들을 위해, 악동을 위해….

쓸데없는
것
사지 마!

　　　　신학기의 아침 장사는 전쟁이다. 각
종 준비물을 사러 오는 아이들로 가뜩이나 좁
은 문방구는 도떼기시장을 방불케 한다.

　구석구석 숨어 있는 다양한 준비물의 위치
를 어느 정도는 파악했다.
　"각도기 주세요. 영어노트, 일기장, 서예 붓,
고무찰흙, 줄넘기 주세요…."
　아이들이 말하면 바로 찾아주어야 하기에
위치 파악은 기본이다. 그리고 보면 자영업자
의 기본은 아무래도 '민감함'이어야 할 것 같

다. 고객의 필요를 제대로 파악하고 곧바로 채워줘야 하니까. 그런데, 겪어보니 민감함만 있으면 안 된다. 둔감함도 필요하다. 어떨 때는 민감함보다 더 중요하다.

무슨 뚱딴지같은 소리냐고? 손님들의 말을 모두 귀담아들을 필요는 없다는 것이다. 고객의 말 중에 귀담아들어선 안 되는 말이 있다. 주로 손님들의 혼잣말이나 같이 온 사람들과의 대화. 그 말에 현혹돼서는 안 된다. 그 말에 휘둘리면 안 된다.

대개는 아이와 엄마가 같이 왔을 때 엄마가 아이에게 하는 말이다(아빠는 이런 말을 잘 안 한다. 집에 가서 하는지는 모르겠지만). 아이가 장난감을 고르고 있으면 엄마는 근엄하게 말한다.

"쓸데없는 것 사지 마!"

이 말은 다양하게 변주된다.

"필요 없는 것 사지 마."
"도움 되는 걸 사."
"그건 너한테 필요 없어."
"그걸 왜 사니?"

처음엔 그 말이 잘 들리지 않았다. 그러다 가게가 적응되고 손님들을 객관적으로 관찰할 여유가 생길 때쯤부터 들리기 시작했다. 귀가 잘 들리지 않다가 좋은 성능의 보청기를 낀 것처럼 갑자기 들려왔다. 그것도 너무 크게. 계속 들리니까 마음이 불편해졌다. "그러면 다른 데 가서 쓸 데 있는 것 사세요."라고 마음속으로 얘기하며, 나는 표정이 굳어진다. 김이 빠진다. 회의가 생긴다.

물론 쓸데없는 게 있을 수 있다. 나도 처음 문방구를 시작할 때에는 파는 물건을 보고 놀랐으니까. 이름부터 괴상한 '액체괴물'(한창 열풍이었던 슬라임의 조상?), 본드를 부는 것만 같은 '칼라풍선', 겉모습만 봐도 불량스러워 보이는 '불량식품', 집안의 유리란 유리는 모조리 깨부술 것 같은 '새총', 왜 모으는지 모르는 각종 카드(고학년은 〈유희왕〉, 저학년은 〈포켓몬〉)…. 이렇게 쓸데없는 것을 모조리 모아둔 곳은 문방구밖에 없을 것이다.

나도 만약 문방구를 하지 않았다면, 아이에게 이런 것 사지 말라고 했을지 모른다. 차라리 공부에 도움 되는 노트나 연필을 사라고 하지 않았을까?

분명 쓸데없는 건 쓸데없는 것이다. 그렇지만 거기엔 한 가지 단서가 붙는다. '어른이 보기에 쓸데없는 것.' 30~40대 부모가 보기에 그것들은 너무 조악하고 이상하기에 쓸데없는 것이라 쉽게 말한다. 그렇지만, 아이들한테는?

아이들에게 그것들은 쓸데없지 않다. 오히려 제일 필요하지 않을까? 가끔 용돈을 모으고 모아 장난감을 사러 오는 애들이 있다. 왠지 마음이 짠하다. 동전을 수북하게 갖고 와서 카운터에서 같이 세기도 한다. 얼마나 장난감이 갖고 싶었으면….

어릴 때를 생각해 보자. 동네 조그만 문방구에서 딱지랑 카드를 한 번이라도 사지 않았던 어른은 없을 것이다. 바람 불면 날아갈 것 같은 종이 인형을 산 적도 있었겠지. 각종 장난감, 불량식품이 모여 있던 그곳은 쓸데없는 물건의 집합소가 아니었다. 오히려 보물섬이었다.

쓸데없는 것 사도 된다. 아이들은 '아, 정말로 갖고 싶어서 샀는데, 이렇게 쓸데없는 것이었다니….' 눈물 흘리며 마음에 상처를 입지 않는다. 설사 그런 것을 샀더라도 "이거 생각보다 재미없네." 말한 뒤, 또 다른 쓸데없는 것에 기웃댄다. 애들이 그렇다.

불량식품도 마찬가지. 아이들은 슈퍼에서 맛볼 수 없는 싸고 맛있는 과자를 사러 몰려온다. '아폴로' 한 번 먹는다고, 라면스낵 한 번 먹는다고 성장기 아이들이 영양 불균형을 겪고 성장에 극단적으로 부정적인 영향을 받는 일은 일어나지 않는다. 그렇다고 내가 불량식품 예찬론자는 아니다. 아이들은 과

문구점은 각종 쓸데없는 것(?)을 팔고 있다

자를 먹는 게 아니라, 재미를 먹는 것이라는 사실을 알기 때문이다. 그저 재미있어서.

오늘의 결론은 이것이다. 어른의 기준으로 아이들의 기호와 자유를 제한하지 말지어다!(너무 도덕책 같은가?) 때로는 어른들의 지나침 관심이 오히려 쓸데없다. 오늘도 난 쓸데없는 것 팔러 나간다.

아빠,
할아버지
같아!

아내: 자기 염색 좀 해야겠는데?

나: (또 시작이냐는 듯이 귀찮아하며) 응? 조금 이
따 하자. 아직 괜찮은데 뭘!

아내: (학을 뗀다는 표정으로) 그래 뭐. 자기 머
리니까 알아서 해.

나: 에이, 또 왜 그래?

당당히 괜찮다고 말했지만, 괜찮진 않다.
흰머리가 수북하다. 앞머리에도, 윗머리에도,
그리고 구레나룻에까지…. 원래 새치가 좀 있
었다. 20~30대부터 새치와 함께했다. 그러니

흰머리에 대해 그리 민감하지 않다. 누군가가 '흰머리가 왜 이리 많아졌냐?' 물어도 태평하다. "원래 좀 내가 새치가 많아." 라며 머리를 긁적이면 그만이다.

그런데 40대를 넘어서면서부터 흰머리가 급속도로 늘었다. 어쩔 수 없이 염색의 힘을 빌렸지만, 요즘은 염색을 거부하고 있다. 아내의 말은 잘 들어야 한다는 금언을 어길 정도로 염색하기가 싫다.

어이없겠지만, 어려 보이기 싫어서이다. 나는 동안이다. 얼굴이 동글동글해 나이보다 3~4살은 어려 보인다는 말을 예전부터 들었다. 동안이 좋은 게 아니냐고? 때로는 싫을 때도 있더라.

문방구를 하다 보면 나이 많으신 어르신들이 오신다. 모두가 그런 것은 아니지만 어떤 분은 무작정 반말 시전이다.

"잘 나오는 볼펜 줘봐!"
"이거 얼마?"
"(종이 몇 장을 툭 놓으며) 이거 팩스!"
"이거 왜 이렇게 비싸?"

처음엔 그러려니 했다. 몇 년간 계속되니까 이젠 어르신들이 가게에 오면 몸이 움츠러든다. 종소리만 들어도 침을 흘렸다는 '파블로프의 개'처럼 그들의 등장과 함께 나는 긴장한다. 이것 역시 직업병일까? '내가 왜 저런 말을 들어야 하지?' 하는 생각이 번쩍 든다. 한번은 "어머님, 반말은 왜 하세요? 저도 나이 먹을 만큼 먹었어요."라는 말을 하기 직전까지 갔다. 그 말을 차마 뱉지 못했던 것은, 그렇게 말하는 순간 더 큰 참사로 이어지기 때문이니까.

이런 일을 겪다 보니 그 이유는(다시 한번 어이없게도) '나이' 때문이라 생각했다. 그들이 나를 깔보고(진심으로 깔보진 않았겠지만) 말을 함부로 하는 이유는 내가 그들보다 어려 보여서 아닐까?

꼭 그것 때문은 아니겠지만 그때부터 외모에 신경을 별로 안 쓴 것 같다. 봄과 가을에는 우리나라 아저씨들의 교복인 등산복 바지에 티셔츠 한 장만 대충 걸쳤다. 여름에는 반바지에 슬리퍼. 머리도 예전엔 한 달에 한 번, 많으면 두 번 잘랐지만, 지금은 덥수룩하다. 시력에 방해가 되지 않으면 머리를 자르러 가지 않는다.

그런데 덥수룩한 머리카락 사이로 흰 머리카락이 두드러지게 보이는 것이다. 나는 '유레카'를 외쳤다. '흰머리 때문에 내가 나이가 들어 보이고, 나이 들어 보이면 어르신들이 반말을 덜 하시겠지' 하는 생각(순진한 착각이었지만)이 들었다. '안 돼! 염색만은 제발'이라는 신념을 갖게 된 계기다. 참 바보 같은 생각이다. 그만큼 어르신들의 반말이 듣기 싫었나 보다.

곰곰이 생각해 보면 그분들의 반말이 이해된다. 그분들 역시 살면서 얼마나 반말을 많이 듣고 살아오셨을까? 얼마나 많은 천대를 받으셨을까? 아마 나와는 비교할 수도 없을 것이다. 그런 반말이 그분들 입에 자연스레 붙으셨을 뿐이다. 내가 나이가 어려 보여서 '쟤는 좀 어려 보이네' 생각하셨겠지, 강하게 '반말해야겠다!'라고 결심하진 않으실 것이다. 물론, 나를 깔보거나 무시하려는 마음에 반말을 하시지도 않으실 것이다.

오늘은 간만에 염색을 해야겠다. 그러지 않아도 아들놈이 며칠 전부터 "아빠는 염색 안 해? 할아버지 같아."란다. 40대에 할아버지 소리는 좀 그렇지 않은가. 아내에게 머리를 100% 맡기고, 예전의 젊었던 모습으로 돌아가야겠다. 너무 젊어져서 어르신들이 더 반말을 하시면 어떡하냐고? 뭐, 어쩔 수 없다. 그래도 젊어 보이는 게 좋은 거니까.

아이가
키웠어

아침 시간에는 아이들이 온다. (뭐, 다른 시간에도 아이들이 온다. 문방구니까!) 이때는 장난감보다는 샤프나 지우개 등의 학용품이나 준비물을 사러 온다. 유리문 바깥으로 줄지어 학교 가는 아이들의 행렬이 보인다.

어느 날 아침, 무심코 바깥을 보았다. 익숙한 옷과 신발. "아들이다!" 이제 갓 입학한 아들의 모습이 눈에 밟힌다. 자기 몸의 절반이나 되는 듯한 가방을 메고, 실내화 가방을 들고 느긋하게 걸어간다.

바쁜 아침 장사 시간이지만, 그 순간만큼은 마치 시간이 천천히 흐르는 듯하다. 학교 가는 아이의 모습을 한참 쳐다보았다. 정문에 들어갈 때까지…. "아저씨, 이거 얼마에요?"라는 소리만 없었다면 계속 멍하니 그쪽만 바라보았을 것이다.

그날은 종일 기분이 이상했다. 마냥 어린 줄 알았던 아이를 학교에 보내는 학부형의 마음이랄까. 아이가 선생님 말씀을 잘 들을까? 친구와 혹시 싸우진 않을까? 급식이 입에 맞을까? 뛰어다니다 다치진 않을까? 마치 어린아이를 물가에 내놓은 것처럼 갖가지 생각과 걱정이 계속됐다. 학교 가는 모습을 직접 지켜봐서 더 마음이 짠했던 것도 같다. 혀에 조그만 돌기가 난 것처럼 계속 아이가 생각났다.

문방구를 시작했을 때를 돌이켜보면, 아이에게 미안한 점이 많다. 문방구를 하느라 멀리 이사 와서 아이 역시 자신이 익숙했던

알아서 잘 커준 아들이 고맙다

곳과 생이별했기 때문이다. 거의 친남매처럼 지냈던 동갑내기 조카와도 이별했고, 이제 막 다니기 시작한 어린이집도 옮겨야 했다. 그때 말을 막 시작한 세 살배기였는데.

낯선 곳에서 새로운 일을 하느라 아이를 신경 쓰지 못한 점도 많았다. 문방구에서 다른 아이들의 준비물을 신경 쓰느라 정작 내 아이의 크는 모습은 잘 바라보지 못했다. 참 아이러니하다. 제일 바쁜 3월에는 아이가 아침에 일어나기 전에 출근했고, 아이가 자고 있을 때 퇴근하여 자는 얼굴만 어루만져주었다. 주말에도 다른 집처럼 가까운 공원에도 가지 못했다. 가끔 몇 달에 한 번씩 쉴 때만 여행을 가곤 했다.

그래서인지 아이가 초등학교에 갔다는 것이 왠지 대견하다. 마냥 어리게만 봤는데… 이젠 TV 리모컨을 놓고 나와 다툰다. 보고 싶은 프로그램 때문에. "아빠 운동 좀 해!"라며 잔소리를 늘어놓기도 한다. "자기 그동안 수고했어."라며 무뚝뚝한 인사를 아내에게 했다. 아내는 "선우가 알아서 잘 컸지."라고 대답했다.

순간 여러 생각이 떠올랐다. 그동안 내가 선우를 키웠다고 생각했다. 그건 절반만 맞는 말이었다. 선우가 태어난 지 8년 동안 나는 선우를 키웠지만, 선우 역시 나를 키웠다. 아빠로서 서툴고 모자라기만 했던 나. 아직도 부끄럽긴 하지만 아빠의 모습으로 살 수 있도록 나를 키운 것이다. 나는 선우를 어려움과 여러 위험에서 지켰다고 생각했다. 그렇지만 그것만이 아니었다. 사는 게 너무 버겁고 지루해 쓰러질 뻔했을 때, 나를 지켜준 건 선우였다. 선우의 웃음이었고, 선우의 손짓이었고, 선우의 말이었다. 선우 때문에 가게의 스트레스도 잊고, 마음을 다잡을 수 있었다. 아이가 나를 키웠다. 고맙다 선우야.

2장

살다 보면 어려움도 있고 보람도 있고

가장 긴 운전시간 / 브람 따윈 필요 없어 / 낭만은 현실을 외면하지 않는다 / 혹시, 큰 바위 얼굴? / 문제가 나를 만든다 / 병에 걸렸다고? / Bravo your life! / 크로나 불타가랏! / 모두 다 살아남기를

가장
긴
운전시간

　　"편집부 모집하는데, 한번 지원해
보세요."

　　일하고 있는 중에 SNS 메시지가 왔다. 한
번도 만난 적 없는, 출판사에 다니는 SNS 친
구로부터 온 것이었다. 갑자기 기분이 좋아지
고 설렜다. 그 메시지는 우물에 빠진 내게 하
늘에서 내려준 동아줄 같았다.

　　나는 마음속에 숨겨진 꿈이 있었다. 바로
책을 만드는 것. 몇 번 출판사에 지원했었지

만, 매번 떨어졌다. 이제 꿈을 접어야겠다고 생각할 때쯤 새로운 희망이 찾아온 것이었다.

그분은 준비해야 할 서류와 면접 일정을 알려주셨다. 자신이 편집팀장이고 같이 일할 사람을 뽑는 것이니 특별한 문제 없으면 좋은 결과가 있을 것이라고 말씀하셨다. 학기 초라 정신없고 바쁠 때였지만, 내 마음은 온통 출판사에 가 있었다. 40대를 1년 앞둔 39세의 나는 "드디어 내 꿈을 펼칠 수 있겠구나." 하며 휘파람을 부르며 면접을 준비했다.

면접은 바로 이틀 후였다. 일산의 출판사까지 가야 했다. 아침 9시 면접이라 좀 힘들어도 운전해서 가기로 했다. 새벽 6시에 집을 나섰다. 3시간이나 되는 긴 시간이었지만 30분 만에 도착한 것 같았다. '합격하면 누구에게 먼저 알릴까?', '제일 먼저 어떤 책을 만들까?', '거리가 먼데 이사는 어디로 해야 할까?' 나는 이미 합격한 듯 상상의 나래를 맘껏 펼치고 있었다.

드디어 면접이 시작되었다. 내게 메시지를 준 편집팀장님과 디자인팀장님, 마케팅팀장님, 그리고 다른 편집장님 총 네 분이 면접을 진행했다. 네 분이 돌아가며 질문했고, 나는 최대한 성심성의껏 대답했다. 질문의 답 외에도 여러 이야기를 했다. 그 출판사에서 나온 책을 분석하고, 어떻게 하면 좋은 책을 만들 수 있을지 설명했다. 요즘 출판시장의 흐름도 이야기했다. 책을 좋아하고 글을 웬만큼 쓸 수 있다는 편집자의 기본 조건도 당연히 덧붙였다. 한 시간의 면접이 별 무리 없이 끝났다. 한숨 돌리고, 사장님과의 추가 면접이 이어졌다. 사장님은 깔끔하고 단정한 옷차림을 하고 계셨고 키도 컸다. 마치 상장 기업의 CEO 같았다. 차가운 느낌도 들어 왠지 긴장되었다.

"책을 그동안 만들었던 경험은?", "1년간 책 몇 권을 만들 수 있나요?", "책을 쓸 만한 예비저자를 많이 알고 있나요?"….

질문 로봇처럼 그분은 연이어 질문하셨다. 편집자에게 물을 수 있는 제일 기본적인 내용이었다. 하지만 출판 쪽 경험이 부족했던 나는 제대로 대답할 수 없었다. 그저 얼버무리며 답을 하기에 바빴다. 시간이 빨리 지나가기만을 바랄 뿐이었다. 무림고수의 사정없이 내리치는 공격에 아무것도 방어하지 못하는 풋내기 수련자나 마찬가지였다. 사장님은 이후에도 몇 가지 더 질문하셨고, 나는 제대로 답하지 못했다. 완패였다.

면접을 다 마친 후 편집팀장이 사장님과의 면접에서 무슨 일 있었냐며 위로해 주었다. 곧이어 아쉬워하며 결과를 알려 주었다. 불합격. 예상했기에 담담했다. 예전에도 출판사 면접에서 떨어진 적이 있었으니까.

세 시간을 다시 운전해서 내려갔다. 십 분이 한 시간 같았다. 길은 왜 이리 막히는지…. 핸들을 잡고 정처 없이 내려가는데, 순간 울컥했다. 떨어진 것 때문만은 아니었다.

'이제는 어떤 회사에서도 나를 받아주지 않겠구나.' 하는 생각이 번쩍 들었다. 서글펐다. 주책맞게도 눈물이 핑 돌았다. 하긴 적지 않은 나이의 나를 받아줄 곳이 어디 있을까? 특별한 재능과 스펙이 있는 것도 아니고, 그렇다고 실력을 보장할 수 있는 경험이 있는 것도 아닌데…. 나이를 이렇게 먹을 동안 그동안 뭐 하고 살아왔을까. 결과를 함께 손 모아 기다리고 있을 아내와 아이에게도 부끄러웠다. 뭐라고 말을 해야 할까? 출판사에 들어가 책을 만드는 꿈은 자연스레 접었다. 아니, 접혔다.

그게 벌써 5년 전의 일이다. 나는 계속 문방구에 있다. 달라진 점은 글을 쓰고 있다는 것이다. 좋은 책의 서평도 쓰고, 삶의 소소한 일상도 적는다. 나름 행복하게 살고 있다. 만약 출판사에 입사했으면 내 인생은 어떻게 바뀌었을까? 뭐라고 말하긴 힘들다. 그렇지만 그때의 철저한 실패의 기억이 지금의 나를 만들어 온 것은 분명하다. 좋은 약은 입에 쓰다고 하지 않나. 새로운 꿈도 생겼다. 책을 만드는 것이 아니라 쓰고 싶다는 것이다. 그 꿈을 생각하니 매일 똑같은 지리멸렬한 일상에도 장미꽃이 핀다.

가끔 그때 일이 떠오른다. 면접 후 세 시간의 길고 긴 운전. 아직도 그때만 생각하면 힘이 빠지고 괜스레 마음이 가라앉는다. 그렇지만 예전만큼 씁쓸하진 않다. 그때 역시 인생의 귀중한 부분이었음을, 이젠 알기 때문이다.

보람 따윈
필요 없어

저녁 9시가 좀 넘은 시간. 가게를 마무리하고 집에 간다. 집은 바로 코앞에 있는 아파트. 패딩 주머니에 손을 넣으니 잡동사니가 가득하다. 꼬깃꼬깃한 지폐 몇 장과 달그락거리는 동전 몇 개(요즘 보기 힘든 오십 원, 십 원짜리도 가끔 있다), 카드 영수증 몇 장, 거래처 영수증, 무엇을 닦았는지 모를 휴짓조각까지…. 몸을 계속 움츠린 영하의 겨울 날씨에도 땀 냄새가 시큼하다.

'아, 오늘도 바쁘게 살았구나.'

번듯한 양복을 입고 출퇴근하는 직장인이 부러울 때가 있다. 잘 다려진 와이셔츠를 입고, 계절마다 새로 장만한 넥타이를 매고, 한껏 광을 낸 구두를 신고 다니는…. 주머니에는 언제든 나눠줄 수 있는 정갈한 명함이 자기 차례를 기다린다. 야근이 많긴 하지만 야근 수당도 제법 받고, 최소한 일요일은 쉴 수 있겠지…. 가끔은 싱가포르나 일본, 호주로 근사한 캐리어를 들고 출장도 다니겠지….

문방구 아저씨로 살아온 지도 꽤 시간이 흘렀다. 소파 방정환 선생님을 삶의 모델로 삼아 어린이를 극진히 사랑하고 아껴서 문방구를 연 것은 아니었다. 어쩌다가 하게 된 것이다. 서비스업을 해본 적도 없고, 학용품의 가격도 모르고 시작했다.

그동안 여러 일이 있었다. 3~4살 먹은 아이부터 머리가 허연 어르신까지 손님은 다양했다. 각종 진상을 만났다. 이리저리 다 뜯어보고 사지 않는 사람, 반말을 모국어로 사용하는 사람…. 물건을 훔치는 아이도 많았다. 주위에 팬시 전문점과 모든 게 '다 있는' 상점이 생겨 매출 그래프는 아래로 점점 기울었다. 설상가상으로 학생 수도 줄어 매출은 도통 오를 생각을 안 한다(이건 현재진행형이라 가슴 아프다).

그래도 숱한 풍파 속에서 살아남았다. 주위의 문방구가 네 곳이나 문을 닫았다. 그래도 매출엔 별 영향이 없는 걸 보니 신기하다. 몇 년 전엔 정신과 치료도 받았고, 우울증약도 먹었다. 매년 말에는 경찰서로부터 표창도 받는다. 올해도 상장과 수건을 받았다. 학교 앞이라 '아동안전지킴이'를 하고 있기 때문이다. 경찰서의 일방적인 통보였긴 했지만.

문방구를 하면서 제일 어려운 것은 진상도, 도둑도, 매출의 극감도 아니다. 일하면서 보람이 없다는 것이었다. 물론 어르신들 말씀처럼 세상에 쉬운 일은 없다. 조그만 아이들도 학교 다니는 것이 힘들다고 한다. 모든 직업엔 나름의 고충이 있다. 내가 부러워하는 직장인이 나 같은 자영업자를 부러워할 수도 있다.

장사 초기에는 아무것도 모르고 일했지만, 차차 보람이 없다고 느껴졌다. 그게 힘들었다. "감사합니다.", "고생하시네요." 이런 말을 듣는 건 고사하고, 내가 "안녕" 해도 아무 말 없이 가게 들어와서 살 것만 사 가지고 나가는 아이들의 뒷모습만 보는 게 일상이다. 일하며 배우는 것이 있어야 하지 않나? 욕설과 짜

문구점에는 신기한 게 많다

증이 늘었고, 진상과 천사표 손님을 가려내는 눈치만 배웠다.

적성에도 안 맞는다. 서비스업이 원래 간과 심장, 오장육부 다 빼고 하는 거라고 했는데 난 그럴 수 없었다. 오장육부가 다 있어야 했다. "오른뺨을 맞으면 왼뺨도 돌려 대라"라는 말은 "오른뺨을 맞으면 때린 사람도 똑같이 맞아야지"로 바뀌었다. "눈에는 눈, 이에는 이"가 내게 맞는 신조였다.

일이 힘들더라도 보람이 있으면 괜찮은데, 스스로 보람이 없다고 생각했다. 그러면서 슬슬 비교했다. 다른 사람과 나를. 정확히 말하면 다른 사람의 직업과 나의 직업을. 직업엔 귀천이 없다는 것을 머리로는 알고 있었지만, 나 스스로 내가 하는 일이 가치 없다고 생각했다. 다른 사람에게 내 직업을 이야기하기가 머쓱했다. 나는 보람 없고 가치 없는 일을 하고 있으니까.

다행히 지금은 바뀌었다. 그렇다고 "안녕!(높은 솔 음으로)" 하며 아이들을 경쾌하게 맞이하고, 엄마들을 만나면 "헤어스타일 바뀌셨네요. 아이가 요즘 인사를 잘해요. 호호호." 하며 곰살맞게 얘기하고, 물건을 훔친 현행범한테 "사랑의 이름으로 너를 용서한다."라고 말하… 진 않는다. 나는 여전히 무뚝뚝한 문방구 아저씨일 뿐.

그렇다면 무엇이 바뀌었나? 마음이 바뀌었다. 아주 조금? 예전엔 보람과 의미를 찾았다면, 지금은 굳이 찾지 않는다. 보람을 찾다가 없으면 더 실망하지 않나. 기대하는 게 하나도 없는 것도 문제겠지만 너무 많은 것을 기대하는 건 더 큰 문제이다. 무언가를 향해 기대치가 크면 클수록 실망감은 더 커진다는 삶의 당연한 이치를 배워갔다. 하루 잘 살았으면 그만이다. 탈 없이, 손님과 큰 갈등 없이 하루를 마무리하면 그만이다. 하나뿐인 아내와 하나뿐인 아들을 건사하는 가장의 역할을 최소한이나마 감당하면 됐다. 내일도 지루한 일상이 펼쳐지겠지만 아침에 나갈 수 있는 곳이 있다는 게 다행 아닌가.

이 '조금'이 생각보단 크다. 조금 마음을 달리 먹었을 뿐인데 예전보다 일하는 게 수월해졌고, 진상을 만날 때도 예전처럼 치명적인 상처를 입진 않는다. "새로운 종류의 진상을 만났군. 허허. 이런 손님은 다음부터는 이렇게 대처해야겠어." 하며 씩 웃을 뿐.

결론은 보람 따윈 필요 없다. 그래도 있으면 더 좋겠지만….

낭만은
현실을
외면하지 않는다

올해도 크고 작은 결정을 내렸다. 작게는 무엇을 먹을지 고민했던 점심 메뉴부터 크게는 내 인생, 아니 우리 가족의 앞날을 바꿔나갈 결정까지…. 올해 나는 큰 결정을 내렸다. 무엇을 하겠다는 건 아니다. 하지 않겠다는 결정이었다. 문방구를 해 온 지 며칠 후면 5년 차가 된다. 차차 스트레스가 쌓였다. 그 스트레스를 제대로 풀지 못한 채 시간이 흘러갔다. 나는 조금 더 잘할 수 있는 것을 찾기 시작했다.

문방구를 하기 전의 꿈인 '책 편집'의 문을 다시 두드렸다. 답이 없었다. 별다른 경력이 없기에 당연한 결과였다. 아니, 내가 뽑히는 것 자체가 이상한 일이었다. 이제 무언가를 시작하기에 많은 나이가 되어 버렸다. 나이는 중요하지 않다는 말은 내겐 허용되지 않는다.

그러다 나를 확 사로잡는 꿈이 생겼다. 바로 책방을 하는 것이었다. 요즘 유행한다는 동네 책방! 많은 책에 둘러싸인 곳에서 책과 관련된 일을 한다는 것. 책을 좋아하는 사람들과 만난다는 것. 세상 어떤 일보다 나와 맞는 일이었고, 가치 있는 일로 여겨졌다.

지금처럼 억지 춘향으로 가게에 나가지 않아도 된다. 내가 사랑하는 책방에서는 하루 종일 쉬지 않고 일해도 지치지 않을 것 같았다. 지금보다 수십 배는 더 열심히 살 것 같았고, 수백 배는 더 행복해질 것 같았다. 꿈이 생기니 좋았다. '난 과학자가 될 거야. 난 의사가 될 거야.'라고 첫 꿈을 꾸었던 어린아이처럼 마냥 좋았다.

아내는 부정적이었다. 아무래도 재정이 걸렸다. "책방으로 먹고 살 수 있겠어?"라는 질문을 내게 던졌다. 낙천적인 나는 "책 판매만으로는 안 되니까 전시회나 강연회를 열면 돼. 요즘 다 그렇게 해."라며 아내를 안심시켰다. 조금씩 액션도 취했다. 여행을 가면 항상 지역의 동네 책방을 방문했다. 책방의 장단점을 빠르게 스캔했고, 시간의 여유가 있으면 창업과 운영의 노하우를 사장님에게 묻기도 했다. 커피도 배워야겠다는 생각에 드문드문 연락했던 지인에게 SOS를 요청해 대충이나마 커피를 내리는 법과 카페 운영에 대한 생각을 듣기도 했다.

조금씩 계획대로 되고 있었다. 책방의 컨셉도 잡았고, 책방 이름을 무엇으로 할지, 어떤 책을 들여놓을지 리스트도 작성했다. 어디가 좋을지 장소도 몇 곳 물색했다. 이제 창업만 하면 된다. 희미하지만, 저기 희망이 보였다.

그러던 중 '책방이 과연 내 길일까'라는 생각이 들었다. 책 때문이었다(책이 이렇게나 위험하다). 한 동네 책방에서 책 한 권을 샀는데, 거기에 이런 말이 있었다.

읽는 것과 파는 것은 엄연히 다르다. 서점 하면 책 팔아서 월세 내야 한다.
단지 책을 읽는 게 좋은 것이라면 직장 성실히 다니면서 취미로 독서하길 권한다. 책을 좋아하는 마음보다 현실적인 고민이 필요한 일이다.

- 브로드컬리 편집부, 『서울의 3년 이하 서점들: 솔직히 책이 정말 팔릴 거라 생각했나?』, 브로드컬리, 2017, 174p.

특별한 건 아니었다. 이미 알고 있는 내용이었다. 그럼에도 낙인이 찍히듯, 이 구절이 마음속에 확 자리를 잡았다. '현실적인 고민'이라는 부분에 오래도록 눈이 갔고 마음이 갔다. 그래서 현실적인 고민을 했다. 매달 갚는 은행 대출금도 헤아려 봤고, 점점 커 가는 아이의 교육비도 타진했다. 조금씩 늘고 있는 병원비, 갑자기 목돈이 드는 자동차 수리비 등의 비정기적인 지출도 무시할 수 없었다. 양가 부모님에게도 용돈도 더 신경 써야 했고, 나와 아내의 노후자금도 염두에 두어야 한다.

그뿐만 아니다. 동네 책방은 우후죽순으로 생겨났지만, 그만큼의 폐업 소식도 들려왔다. 손님이 많고 잘 알려진 책방마저 젠트리피케이션과 극감하는 매출 등으로 위태하다는 것도 알게 되었다. 혼란스러웠다. '그럼에도 책방을 해야 하는 꿈을 따라야 하나?'라는 갈등 속에 또 한 권의 책을 읽었다. 도서관에서 책을 고르다가 우연히 찾았다. 『파이 이야기』. 이미 두어 번 읽다가 포기한 책이었다.

예전보다 술술 읽혔다. 파이의 유년 시절과 캐나다로 이민 가는 도중에 폭풍우에 배가 뒤집힌 부분까지 집중해서 읽었다. 생사의 갈림길에 서 있는 파이를 애처로운 눈빛으로 바라보던 중, 이 문장을 발견했다.

내 경험상 조난자가 저지르는 최악의 실수는 기대가 너

무 크고 행동은 너무 적은 것이다. 당장 하는 일에 집중하는 데서 생존은 시작된다. 게으른 희망을 품는 것은 저만치에 있는 삶을 꿈꾸는 것과 마찬가지다.

- 얀 마텔, 공경희 옮김, 『파이 이야기』, 작가정신, 2007, 212p.

망망대해에 떨어진 주인공 파이. 게다가 그의 곁엔 언제 자기를 잡아먹을지 모르는 호랑이가 있다. 파이는 구조되면 무엇을 하고 싶은지 상상하지 않았다. '될 대로 되라'는 식으로 갑판에 누워 허송세월을 보내지도 않았다. 파이가 선택한 것은 '당장 하는 것'이었다. 저만치에 있는 삶을 꿈꾸는 것이 아니라….

이후 파이는 호루라기로 호랑이를 길들이고, 낚시해서 먹을 것을 구하고, 물을 구했다. 그것도 아주 열심히. 이런 노력 때문이었을까. 파이는 하루하루 살아갈 수 있었고, 때로는 바다의 멋진 낭만을 경험했다. 그리고 끝내는 생존했다.

파이가 내게 가르치는 것 같았다. 너는 지금 어떤 삶을 살고 있냐고. 너는 지금 네가 해야 할 일을 하고 있냐고. 나는 게으른 희망을 품고 살았다. 당장 내 앞에 놓인 삶에 만족하지 못하고 저만치에 있는 삶을 꿈꾸었다. 책방은 지루한 삶을 던져버리기 위한 도피처일 뿐이었다.

어떻게든 책방을 창업해 운영하다가 나와 잘 맞지 않는 부분이 생긴다면, 매출이 여간해서 오르지 않는다면, 출판사나 공급업체와 갈등이 생긴다면…. 나는 어떠할까. 또다시 다른 길을 기웃거릴 것은 보지 않아도 뻔했다. 나는 책방 운영을 낭만적으로 생각했다. 치열하게 생각하지 않았다. 현실에 기반하지 않은 낭만은 독이라는 사실은 알지 못했다. 그때, 책방을 하겠다는 생각을 확실히 접었다. 신기했다. 거의 몇 년간 꾸며서 구체화시켰던 꿈을 한순간에 포기할 수 있다니…. 책방을 포기했지만, 조금씩 내가 할 수 있는 일을 하기 시작했다. 밀쳐 두었던 책을 펼쳤다. 글도 다시 써서 여러 매체에 보내기 시작했다.

며칠 후면 해가 바뀐다. 크게 달라질 건 없다. 하는 일도 매한가지이고, 매출도 비슷할 것이고(비슷하면 다행이지만), 스트레스도 비슷하게 받을 것이다. 그럼에도 내년에 기대감이 생긴다. 몇 년 만의 기대감인지…. 기대감은 내 사전엔 사라져버린 줄 알았는데, 존재하고 있었다. 내가 지금, 이 자리에서 할 수 있는 일을 하면 된다. 때로는 낭만도 꿈꾸지만 우선은 현실을 직시하고 싶다. 낭만은 현실을 외면하지 않는다. 그게 진짜 낭만이다.

혹시,
큰 바위
얼굴?

여지없이 새해가 또 밝았다. 어떻게 보면 달력 한 장 바뀐 것밖엔 없지만, 부족했던 한 해를 결산하고 새로 시작할 수 있다는 것이 좋다. 물론 철없던 20~30대 시절처럼 무작정 희망을 품진 않는다. 그럼에도 새해가 밝았다는 것, 1월 1일이 되었다는 것만으로 기분이 좋다. 설렌다. 새 마음으로 다시 걸어갈 수 있다는 것. 그게 좋다. 그게 희망 아닐까.

사실, 올해에도 특별한 일이 생기진 않을 것이다. 아무도 모르는 네잎클로버 밭을 발견

한 것처럼 행운이 줄 서서 기다리지 않을 것이다. 문방구가 대박이 나 TV프로그램 〈서민 갑부〉에서 담당PD가 직접 섭외 전화를 걸어오지도 않을 것이다.

어제였던 12월 31일과 똑같은 일상을 살아갈 것이다. 365일 동안.

"어디 있어요?"

"그거 저쪽에."

"얼마예요?"

"천 이백 원."

이 짧은 대화가 무한대 반복되는 삶을 살 것이다. 그뿐이다.

바뀌는 것도 있다. 학부형이 된다. 아들이 8살이 되어 초등학교에 간다. 작년 말에 취학통지서를 받았다. 기분이 묘했다. 학부형이라는 고작 하나의 타이틀을 얻었지만, 책임감은 전혀 작지 않았다.

올해 내가 바라는 것이 있다. '조금 더' 괜찮은 사람이 되는 것이다. 고전 『큰 바위 얼굴』의 주인공처럼 누구나 우러러보고 "저 사람은 세상 어디에서도 볼 수 없는 인격의 완전체야!"라는 말은 들을 수 없어도, 진짜 조금이라도 작년보다 괜찮은 사람이 될 수 있다면 그걸로 만족한다.

조금 더 괜찮아진다는 말은 여러 가지로 바꾸어 쓸 수 있다. 조금 더 사랑하고, 조금 더 다른 사람을 이해하는 것이다. '사랑'이라는 말도 많이 오염되고 퇴색된 단어이기에 다른 단어로 대체해 본다. 음. '배려한다' 정도가 좋지 않을까.

제일 가까운 가족에게 먼저 적용해야겠다. 전에는 아내의 잔소리에 어쩔 수 없이 집안일을 했다. 집안일은 도와주는 것이 아니라 같이 하는 것임을 머리로는 알지만 손과 발이 몰랐다. 아니, 모른 체 했었나. 이젠 스스로 찾아 해 보리라. 아직 모든 게 서툴고 느린 아들에게도 "왜 이렇게 늦어!"라고 다그치기보다, 아이의 상황을 이해하고 말없이 기다려 주리라. 나 역시 지금도 여러 면에서 서툴고 부족하지 않나.

'조금 더'를 조금 더 넓혀 그냥 지나쳤던 사람들에게도 말을 걸어보고 싶다. 여태까지 인사만 드렸던 아파트에서 청소하시는 아주머니. 이젠 한마디 덧붙이리라. "식사는 하셨어요?" 아주머니가 '이 사람이 새해부터 왜 이러지? 밥을 잘못 먹었나?'라고 혼잣말을 할지라도….

가게에 항상 쳐들어오는—진짜 맹렬히 돌진한다!—'초딩'에게도 마음 한번 굳게 먹고 말을 걸어 보리라. "오늘 뭐 재미있는 일 있었어?" 너무 '오글'거린다면 "이거 신상인데, 한번 써 봐"라는 장사용 멘트라도….

'조금 더'와 함께 신경 쓸 것이 있다. 바로 '조금 덜.'

먼저, 조금 덜 바쁘겠다. 항상 바쁘게 살아왔다. '바쁘게' 살다 보니 바빠졌고, 바쁜 삶을 잘 살기 위해 더욱 바쁘게 움직였다. 그래서 안 바쁜 날에도 스스로 바쁘게 살았다. 바쁘게 일했고, 바쁘게 밥 먹었고, 바쁘게 누군가와 대화했다. 바쁘게 1년을 살아온 것이다. 그래 봤자 남은 것은 지친 몸과 마음뿐. 바쁜 정도만큼 멀어진 건 사람과의 관계였다. 바쁜 정도만큼 나를 돌아보진 못했다.

인디언들은 말을 타고 급히 가다가도 이따금 말에서 내려 자신이 달려온 쪽을 한참 동안 바라본다고 한다. 행여나 자신의 영혼이 따라오지 못할까 봐 영혼을 기다려주는 배려란다. 나도 그동안 따라오지 못했던 영혼을 이젠 기다려 봐야겠다. '이젠 같이 가자꾸나.'

한 가지 더, 조금 덜 화내겠다. 나를 지키기 위해, 나를 타인에게 이해시키기 위해 화를 내왔다. 화를 낼 때 "이번 경우는 화를 내는 게 마땅해!"라며 머리를 굴려 합리화를 한다. 조금 있으면 화를 낸 자신에게 화가 났다. '화를 안 낼 수도 있었는데, 왜 그런 일에 화를 냈지….' 얼굴이 빨개졌다. 화를 내도 상황은 전혀 변하지 않는다. 나만 기분이 더 안 좋아질 뿐. 이해할 수 없는 손님이 내 마음을 뒤흔들 때도, 새로운 진상이

와서 "이 사람은 어떻게 대처해야 하지?"라며 난감할 때도 조금만 화를 내겠다.

결론적으로 올해의 계획을 말하자면 '조금 더'와 '조금 덜'의 균형을 맞추어 살아가겠다는 것이다. 앗, 두 가지가 섞이면 안된다. '조금 더 화내고, 조금 덜 이해한다면….' 그러면 완전 사이코 아닌가.

내년의 계획도 벌써 세웠다. 올해보다 조금 더 괜찮은 사람이 되는 것. 내후년은 당연히 내년보다 조금 더 괜찮은 사람으로….

이렇게 매해 조금 더 괜찮은 사람으로 업그레이드된다면, 혹시 모른다. 나중에 아들의 자녀(손자? 혹은 손녀?)에게 『큰 바위 얼굴』을 읽어줄 때, 그놈이 "할아버지 얼굴하고 닮았어요."라고 이야기할지…. 머리 크기만 같다고 한다면 곤란하지만.

문제가
나를
만든다

　　　　　바쁜 시간을 보냈다. 아침 7시 반부터 밤 10시 넘을 때까지 가게 문을 열고 있었다. 1년 중 제일 바쁜 시기. 학기가 시작되자 각종 준비물을 사러 학부모들과 학생들이 들이닥쳤다. 매년 하는 것임에도 녹록지 않다. 장사가 잘 되어 기분은 좋지만, 골병들기 딱 좋다. 이럴 때면 손님이 하나도 없어 하릴없이 손님을 기다리던 방학 때가 그리워지기도 한다. 참 철부지 같은 나.

　다행히 눈코 뜰 새 없이 바쁜 대목은 끝났

다. 남은 1년 동안 지금보다 바쁜 날은 찾기 힘들 것이다. 그때는 또 정신없이 바빴던 3월 초를 그리워하겠지. 인간이란 게 원래 그렇다.

문방구를 연 지 5년이 되었다. 그 말은 곧 올여름에 재계약을 해야 한다는 말이다. 계약을 앞두고 이런저런 생각이 많은 요즘이다. 기적처럼 5년을 생존했지만, 재계약해서 다시 한다고 생각하면 두려움이 앞선다. 점점 떨어지는 매출, 각종 스트레스와 일에 치이며 휴일도 없는 삶…. 과연 잘할 수 있을까?

첩첩산중으로 가게 근처에 큰 문구점이 들어온다는 소식이 들려온다. 에휴. 가뜩이나 마트와 저가 생활용품점으로 손님들의 발길이 옮겨 가는데…. 아예 다른 일을 해 볼까? 역시 두렵다. 새로운 일을 시작한다는 것은.

아들은 초등학교에 입학했다. 모든 걸 받아주고 용납해주던 유치원을 벗어나 새로운 세계에 들어선 것이다. 선생님 말씀을 잘 들을까? 아이들과 잘 어울릴까? 학교 밥은 입에 맞을까? 가게에 있으면 갖가지 걱정이 들이닥친다. 이게 학부형의 마음인가.

올해 초, 책이 나왔다. 감사하게도 지인들은 책을 샀고 어떻게 책을 쓰게 되었냐며 칭찬도 해 주었다. 나도 스스로 대단하다 여겼다. 내용은 둘째 치더라도 바쁜 상황에서 책을 냈다는 것이 대견했다. 겉으로는 겸손한 표정으로 "운이 좋았어요." 라고 말했지만. 속으로는 반대였다. "내가 바빴지만, 그 와중에 책까지 썼습니다."라고 말하고 싶었다.

틈만 나면 인터넷 사이트에서 내 책을 검색해 보고, 판매지수를 확인했다. '나중엔 더 큰 출판사에서 내야지. 다음에는 이런 책을 내면 어떨까?' 상상의 나래를 펼치기도 했다. 그러다 보니 가게에서 멍하니 있을 때가 많았다. 바쁘지 않은 방학이라 천만다행이었다.

하지만 문제가 있었다. 정작 다음 책을 쓰기 위한 기본적인 노력은 하나도 하지 않았다. 글을 쓰지 않았다. 본업인 문방구일도 등한시했다. 청소도 덜 하고, 학용품 빠진 것도 채워 놓지 않았다.

두어 달 동안 나는 병에 걸렸다. '작가병'. 작가가 되었다는 것에 '자뻑'하고 남이 알아주기를 바라는 병이랄까. 내가 작가라는 사실만 생각해도 좋았다. 물속에 비친 자신의 모습을 계속 바라보았던 목동 나르시스처럼…. 나중에 A급 작가가 되면 지금의 지난한 생활도 다 지나갈 것 같았다.

주저하지 말고 경험에 뛰어들라. 문제에 대한 해답을

타인에게서 빌리려 하지 말고 그 문제를 살아야 한다.
삶은 풀어야 할 문제가 아니라 살아야 할 신비이다.

- 류시화,『새는 날아가면서 뒤돌아보지 않는다』, 더숲, 2017, 272p.

예전에 봤던 책의 한 구절이 생각난다. 가게 운영, 아이에 대한 걱정과 불안, 앞으로의 진로, 40대의 불확실성…. 이 문제들 앞에서 나는 어떻게 살고 있을까? 그저 나의 의지가 아니라 저절로 문제가 빨리 해결되길 바라고 있던 건 아니었을까?

돌이켜 보면 갖가지 내가 겪었던 문제가 결국엔 내 생활의 자양분이 되었다. 풀기 어려운 문제로 진이 빠진 적도 숱했지만, 결국 문제는 어떻게든 해결되었다. 그 와중에 덤도 받아서 내가 한 뼘이라도 더 자라날 수 있었다.

문제가 있었기에 지금의 내가 있는 것이다. 그것이 삶의 신비였다. 비록 당장은 힘들고 피하고도 싶지만, 내게 주어진 문제를 겸허히 살아가고 싶다. 오늘 맞닥뜨릴 문제 앞에서 나는 어떻게 살아야 할까?

병에
걸렸다고?

"'포켓몬' 새것 들어왔어?"

"이번 '유희왕' 좋은 게 많이 들었대."

"새로 나온 슬라임, 촉감이 좋대."

"(비비탄) 총이 '간지' 나던데."

철없는 초등학생들의 대화가 아니다. 문방구를 하는 나와 아내, 그리고 문구 도매업을 하는 여동생과의 단톡방 대화다. 셋의 나이를 합하면 100을 쉽게 넘긴다. 30~40대라고는 전혀 상상조차 되지 않을 대화를 우린 매일 하고 있다. 쓸데없는 것 같지만 중요한 대

화다. 우리 생계가 걸렸으니까.

단톡방에서 많이 하는 대화가 또 있다. 하루의 힘들었던 일을 말하고 힘들게 했던 손님을 말한다. 일종의 넋두리랄까. '임금님 귀는 당나귀 귀'를 뱉었던 누군가처럼 어느 정도 기분이 풀린다.

얼마 전 일이다. 손님이 없던 한가한 때, 역시 단톡방에서 우리만의 대화를 하고 있었다. 그날따라 나를 짜증나게 했던 일이 많았다. 여느 때처럼 세세히 고자질했다.

"오늘 황당한 일이 있었는데"
"아까 짜증나는 일이 있었는데"
"누가 왔다 갔는데"

미주알고주알 그날의 일을 세세히 말했다. 잠시 정적이 흐르더니, 동생이 말한다.

"은서와 비슷한 분위기야. 요새."

순간 '헉' 하며 몸과 마음이 3초간 정지했다. 은서는 동생의 중학교 2학년짜리 딸이다. 요즘 심한 병을 앓고 있다. 북한군도 벌벌 떤다는 '중2병'. 모든 게 불만이고 짜증이다. '중2병' 환자를 거의 처음 접한 나는 조카를 만날 때면 조심하게 된다. 말도 가려 한다. '이 말을 하면 괜찮을까?' 하며 최소한 두 번 시뮬레이션하고 말을 꺼낸다. 그렇지만 되도록 안 꺼내는 게 좋긴 하다.

그런 조카와 내가 같은 분위기라니. 순간 아찔했다. 세상 모든 엄마 아빠를 가슴 아프게 하는 병세를 내가 갖고 있다니···. 내가 요즘 짜증을 내도 너무 많이 내고 있구나. 필요 이상으로 화를 내고 있구나. 뒤이어 나도 답을 했다.

"화난 건 아닌데 그래 보였다면 미안. 나는 42병인가 봐."

42세의 쓸쓸한 농담이었다. 40대를 지나면서 겪게 되는 병. 내 모습을 누군가가 사진 찍어 내게 보낸다면, 손사래 치며 멀리할 것이다. 입술은 항상 꾹 달혀 있고, 누군가를 째려보듯 날카로운 눈빛. 1미리도 올라가지 않도록 누군가가 잡고 있는 듯한 입꼬리. 조그마한 것에도 쉽게 화를 내고 마음에 꾹 담아 놓는다.

아, 이런 모습을 디즈니 애니메이션에서 본 것 같다. 〈토이 스토리〉의 정의 넘치는 인싸 '우디'라면 좋겠지만 완전 아니다.

〈인사이드 아웃〉 속 '까칠이'. 이름부터 까칠하다. 녹색의 새침한 캐릭터. 모든 게 자기 마음에 들어야 한다. 누군가 내게 충고를 한다면 "어쩌라고!"라고 답할 것만 같다. 그러다가 조금씩 분노 게이지가 오르면, 다른 캐릭터로 변신한다. '버럭이'. 항상 화나 있고, 폭발하면 불이 하늘 위로 솟구친다. 하루에도 몇 번씩 까칠이와 버럭이를 오락가락한다. 기쁨이는 휴가를 갔는지 찾기 힘들다.

　내가 이렇게 된 데에는 나름의 논리가 있다. '나는 원래 온유했어. '화'는 매주 두 번째 요일에만 붙는 단어라고만 생각했다구. 그런데 손님을 상대하다 보니 나와 맞지 않는 사람도 많이 만나고, 진상도 계속 만나서 화가 많아진 거야.'

　그러나 지금 와서 생각해 보니 비겁한 변명이었다. 아마 다른 일을 했어도 마찬가지로 화를 달고 살았을 것이다. 서비스업을 하며 크고 작은 상처를 받았다. 이런 나를 지키기 위해 내가 선택한 것은 그들과 '똑같이' 하는 것이었다. 똑같이 화내고, 똑같이 민감하고, 똑같이 까칠하고, 똑같이 독한⋯. 진상 손님을 멀리하고 피했지만, 어느샌가 진상 주인이 되어 버린 것이다.

　다시 카톡으로 돌아가서, '42병'을 앓고 있다는 톡을 보내고 한참 후에 덧붙였다.

"릴렉스 해야지."

어쩌면, '42병'을 탈출하는 길은 내가 가장 잘 알고 있는지 모른다. 내가 아무리 노력해도 환경은 그대로이고, 내가 아무리 애써도 화를 내게 하는 요인은 그대로이다. 순간 욱할 때도 있고, 예기치 않은 곳에서 짜증이 밀려오기도 한다.

해답은 나에게 있는 것 같다. 내 마음을 스스로 헤아려야 한다. 내가 잘 풀어야 된다. 역주행 중인 퀸의 〈보헤미안 랩소디〉를 듣거나, 반전이 두세 번은 등장하는 미드를 보거나, 마음을 쏟아내는 글을 쓰거나, 백종원이 만든 것 같은 음식을 맛보거나, 이효리가 자주 하는 명상을 하거나, 친한 누군가와 이야기를 하거나…. 이것이 언제부터 시작되었는지 모르는 '42병'을 치유하는 방법이다. 아니, 완전한 치유는 아닐지라도 더 큰 병, 마음의, 혹은 몸의 병으로 전이되지 않게 하는 방법이다. 그것만으로 다행 아닌가.

오늘은 어떤 치료법을 써야 할까? 그나저나 휴가 갔던 이 녀석 기쁨이는 왜 안 돌아오는 거지? 얼른 돌아와라. 다음 휴가는 버럭이가 갔다 와라. 아, 까칠이도 같이. 좀 길게 쉬고 오길….

예상했지만, 예상을 뛰어넘는다. 손님이 없다. 없어도 너무 없다. 문방구는 물론이고 상가 전체가, 아파트 전체가 조용하다. 그놈의 코로나 때문에.

3월. 신학기 장사로 제일 바쁠 때. 밥도 못 챙겨 먹을 정도로 정신없이 하루하루 보내야 될 때에 삼시세끼 밥 먹을 것 다 먹고 여유롭게(?) 앉아 있다니…. 몇 년 전 메르스 때에는 아이들이 며칠 정도만 뜸했는데 이젠 개학까지 미뤄져서 아이들이 다니질 않는다. 문방구를 오픈한 지 6년 만에 이런 불경기는 처음이다. 신학기 준비로 잔뜩 쌓아둔 물건은 꺼내지도 못했다.

당장 이번 달 가게 월세가 걱정이다. "요즘 다 어려우니, 월세는 절반만 내세요."라는 건물주는 뉴스 속에서나 등장한다. 매출이 반 토막, 아니 반의반 토막까지 줄었다.

"이거 얼마예요?"
"색종이 어디 있어요?"
"그거 없어요?"

나를 귀찮게 하던 재잘대는 아이들의 목소리가 그리울 정도다. 눈코 뜰 새 없이 바빴던 때에는 그게 행복한 일이었는지 미처 몰랐다. 사람은 뭔가 닥쳐야 뭔가 깨닫나 보다.
'이젠 불평 안 하고 툴툴대지 않고 장사할게요.'
뒤늦은 고해를 하지만, 손님은 여전히 오지 않는다.

안 바빠서 좋은 점이 그래도 몇 가지 있다. 가족들과 시간을 많이 보내게 된 것이다. 평소에는 밥 먹을 때만 얼굴을 본다. 신학기에는 아들의 자는 모습만 봐야 했다. 그렇지만 강제로 시간이 생기니 일주일에 두세 번이나 아들과 산책을 한다. 마스크 무장을 한 채 산에도 가고, 동네도 걷는다. 어젯밤도 가족들과 모노폴리를 했다. 바빴을 때는 상상도 못 할 일이다.

이렇게 글도 쓸 수 있다. 3~4월은 글도 못 쓰고, 책도 못 읽는다. 언제 손님이 들이닥칠 줄 몰라 항상 긴장 모드이기 때문이다. 커피 마시며 여유롭게 글을 쓸 수 있다는 것이 꿈만 같다.

석양도 없는 저녁 / 내일 하루도 흐리겠지
힘든 일도 있지 / 드넓은 세상 살다보면
하지만 앞으로 나가 / 내가 가는 곳이 길이다

Bravo Bravo my life 나의 인생아
지금껏 달려온 너의 용기를 위해
Bravo Bravo my life 나의 인생아
찬란한 우리의 미래를 위해

라디오에서 노래가 흘러나온다. 봄여름가을겨울의 〈Bravo, my Life!〉다. 평소에 좋아하던 노래인데, 절절한 노랫말이 마음까지 전해진다. 모두가 힘든 때. '이것 또한 다 지나가리라'는 옛말도 문득 떠오른다.

환자들을 살리고 방역하느라 고군분투하고 있는 의료진들, 마스크 몇 장이라도 사려고 몇 시간씩 줄을 서야 하는 사람들, 먹고살 것을 걱정해야 하는 소상공인들, 하루 종일 아이들을 봐야 하는 엄마들….

그들의 삶을 같이 응원하고 싶다.

Bravo My Life!

Bravo Your Life!

코로나
물러가랏!

개학이 연기되어 손님은 뚝 끊겼다. 평일이 주말 같고, 주말이 평일 같다. 멍하니 가게에 앉아 있는데 여자아이 둘이 들어왔다. 쭈뼛쭈뼛하더니 내게 조그만 종이를 건넸다.

"아저씨, 코로나 부적 받으세요."

아이들 손바닥만 한 크기의 종이. 거기엔 빨간 사인펜으로 뭔가 쓰여 있었다.

부적.

No! 코로나 19
물러가랏!

잠이 확 깨어 애들에게 물었다.

"이거 너희들이 만든 거야?"
"예."

아이들은 과자 몇 개를 사고 나갔다. 손에는 '부적'이 더 있었다. 사람들에게 나눠주려고 만들었나 보다. 손님이 오지 않아 종일 심드렁했던 나, 피식 웃음이 나왔다. 아이들 나름대로 머리를 굴려 만들었을 상황이 상상되었다. 어떤 마음으로 이것을 만들었을까?

가게 앞 초등학교에 납품하러 갔다. 재잘대는 아이들의 웃음소리가 넘쳐나야 할 교정은 썰렁하고 조용했다. 폐교가 이런 모습 아닐까? 교무실에는 황망한 표정의 선생님 몇 분만이 이야기를 나누고 계셨다.

경칩이 되어 개구리는 깨어났는데 학교는 아직 잠들어 있다. 학교뿐이겠는가. 거리, 식당, 상가, 아파트…. 아직도 겨울이다. 날씨는 따뜻해졌는데, 아직 겨울이다. 한 장이라도 마스크를 더 구할 수 없을까 전전긍긍하고, 마스크를 쓰지 않은 사람을 만나면 저절로 피하게 된다. 확진자가 나오면 그 사람을 불쌍하게 여기지 않고 그의 동선에만 관심을 둔다. 내가 사는 지역이 아니라 다행(?)이라고 안위하며…. 결산을 할 필요가 없을 정도로 뚝 떨어진 매출은 마음을 더욱 얼어붙게 한다.

불과 한 달 전만 해도 우리는 안 그랬는데…. 지금 우리의 모습은 이래야 했다. 커다란 가방을 메고 혹시나 늦을까 봐 빠른 걸음으로 학교 가는 학생들. 어린이집과 유치원을 보내기 위해 노란 승합차를 향해 뛰는 엄마와 아이들. 퇴근 후, 마음 맞는 사람과 밥 먹고 한잔 부딪치는 직장인들. 간만의 외식에 무엇을 먹을까 행복한 고민을 하는 가족들.

그때는 일상이 소중한지 알지 못했다. 너무 당연하게 여겼다. 코로나가 우리의 일상을 가져가 버렸다. 일상을 사라지게 했다. 대신 서로를 믿지 못하는 불신의 안개 속으로 우리를 밀어넣었다.

다행히 희망의 소리가 들린다. 확진자의 증가가 드디어 완화되었단다. 마스크 대란도 어느 정도는 가라앉았다. 속히 일상이 회복되었으면 좋겠다. 같이 밥 먹고, 놀고, 학교 가고, 학원 가고, 서로를 믿는 일상이 '짠'하고 마술처럼 나타났으면 좋겠다.

"그땐 힘들었지. 그래도 잘 해결되어서 다행이야."

웃음으로 추억하며, 힘겨운 터널을 지나온 서로에게 박수 쳐주는 그런 날이 속히 오길 꿈꾼다. 다시 부적을 본다. 그 안에 삐뚤삐뚤 쓰여 있는 글자를 조그만 목소리로 읽어 본다.

얼른 코로나가 사라지길

"코로나19 이놈! 썩 물러가랏!"

모두
다
살아남기를

손님이 뜸한 낮이었다. 나이든 아주 머니께서 문방구에 들어오셨다. "아. 여기 있 었네. 요즘은 문방구 찾기가 힘드네." 하시면 서 가쁜 숨을 내쉬셨다. 약간은 황망하지만 반 가운 표정으로 몇몇 물건을 고르셨다. 계산하 시고 나가시면서 그분은 한마디 덧붙이셨다.

"오래 오래 장사하세요."

"안녕히 계세요", "수고하세요", "많이 파세 요" 등등 수많은 인사를 들어봤지만, 이 인사는 처음 받아보는 것이었다. 왠지 코끝이 찡했다.

몇 년 동안 근처의 여러 문방구가 문을 닫았다. 참 속이 없던 나는 마냥 좋았다. '이제 애들이 더 우리 가게에 오겠구나.' 나름 휴머니스트라 생각했던 나였는데, 어느 순간 '스크루지'가 되어버린 것 같다.

나의 셈은 완전히 틀렸다. 얼마 지나지 않아 2층짜리 큰 문구점이 떡하니 들어왔다. 학생들의 수군거리는 소리가 조금씩 들려오기 시작한다.

"○○○에서 노트 세일한대. ○○○ 가면 그것도 있대."

아무리 내가 용을 쓰고 기를 써 봐도 대형 문구점을 이길 재간은 없었다. 게다가 웬만한 준비물은 학교에서 나눠줘서, 준비물 사러 오는 아이들마저 눈에 띄게 줄었다.

내가 환호를 질렀던 근처 문방구 폐점. 그 일이 나에게, 내 가게에 닥치지 않으리란 보장이 없었다. 문을 닫은 가게들의 문제가 우리 가게의 문제였고 내 문제였다.

자영업자로 살아오면서 생긴 사소한 버릇(?)이 있다. 길을 가다가 조그마한 가게나 식당을 보면 분석해 보는 것이다. '저

위치면 목이 괜찮은지, 대충 월세는 어느 정도겠구나, 저긴 장사가 잘 될까….' 사소한 것이 궁금했다. 예전엔 아무 생각 없이 그냥 지나쳐 버렸을 텐데….

뉴스에서 하루에도 몇 번씩 보도하는 것처럼 조그마한 가게들은 살아남기가 힘들다. 서비스가 더 좋고, 싸고 질 좋은 물건이 쌓여 있는 대형 마트가 안 들어선 지역이 없다. 어디서든 똑같은 맛의 커피를 마실 수 있고 빨리 테이크아웃할 수 있는 커피 체인점도 한 블록에 몇 개씩 있다. 다양하고 맛있는 빵이 수시로 나오는 프랜차이즈 빵집도 목이 좋은 곳마다 있다. 이런 상황에서 나와 같은 자영업자들은 한숨만 나온다. 아예 처음부터 경쟁을 할 수 없는 구조다.

내 단골인 동네 미용실이 있다. 한번은 가서 머리를 깎는데, 사장님이 말씀하셨다.

"요즘 학생들도 학교 안 가는데, 장사가 어때요?"
"뭐. 요즘 다 힘들죠."

보통은 이렇게 답하고 꾹 입을 닫고 빨리 집에 갈 생각만 했겠지만 이날은 왠지 궁금했다.

"사장님네는 어때요? 요즘 미용실 많이 오나요?"

담담하게 사장님은 대답하셨다.

"아니요. 저녁에 해 떨어지면 손님 딱 끊겨요. 요즘 다 카드 쓰니까 현금도 안 돌아요."

우리 동네에만 이런 조그마한 미용실이 대여섯 군데나 된다. 상가 한 층에 미용실이 연이어 있는 곳도 있다. 에휴, 다들 힘들구나. 머리를 마저 깎고 인사하면서 현금으로 계산했다. 항상 사용하는 카드 대신에….

오래 장사하라는 아주머니의 인사가 떠오른다. 모두 오래 장사했으면 좋겠다. 내 머리를 예쁘게 다듬어 주시는 미용실, 가끔 가서 김밥과 떡볶이를 사 먹는 분식집, 우리 아이가 좋아하는 동네 빵집, 1년에 한두 번 찾는 꽃집, 가끔 시켜 먹는 동네 중국집과 치킨집까지….

우리 모두 살아남읍시다. 제발. 그럴 수 있겠죠?

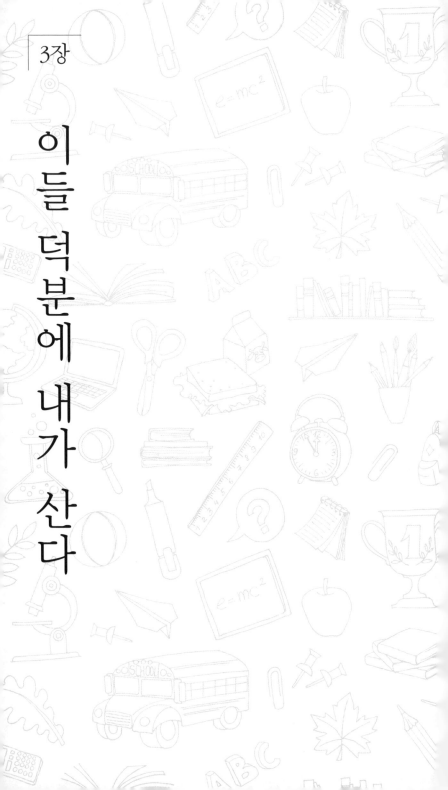

3장

이들 덕분에 내가 산다

아내가 울었다 / 아낌없이 주는 동생 / 다음엔 손이라도 잡아 줄게 / 다시는 사러 오지 마세요 / 이젠 좀 드셔 보세요 / 지인이 생겼다 / 할아버지의 연애 스킬 / '연년맨'의 추억 / 내가 보지 못한 것들

아내가
울었다

시험에 떨어졌다. 작년에 이어 올해 또 떨어졌다. 내가 아니라 아내가. 청소년학과와 사회복지학과를 졸업한 아내는 청소년 상담에 관심이 많았다. 같이 문방구 일을 하면서도 틈틈이 자격증 공부를 해왔다.

대충 결과를 짐작했었지만, 막상 떨어졌다는 소식을 듣고 나서 아내는 고개를 숙였다. 단 몇 문제. 그 몇 문제 차이로 떨어졌다고 한다. 뭐라고 해야 할지…. 위로의 말을 찾던 나는 아내의 눈물을 보았다. 아내는 흐느꼈다.

그렇게 많이 우는 모습을 본 적이 없었다. 마음을 헤아려봤지만 쉽지 않았다. 아내의 마음은 지금 어떨까? 위로에 재능이 없는 나는 그저 휴지 몇 장 건네줄 뿐이었다.

나와 교대로 일하기에 실질적으로 공부할 시간은 아침과 저녁에 몇 시간 정도였을 것이다. 공부하다 보면 어느새 밥을 해야 하고, 집안일을 해야 한다. 저녁은 온전히 아이를 봐야 한다. 살림은 살림대로, 가게는 가게대로 신경 쓰다 보니 집중해서 공부한다는 것은 쉽지 않았을 것이다.

문방구를 위해 대전으로 이사했을 때, 아내는 두말없이 나를 믿고 따라와 주었다. 그 당시 아내는 그리 크지 않은 회사의 경리를 하고 있었다. 대인관계도 나름 좋았고 일도 대체로 잘했다. 큰 문제만 없으면 정년까지 보장된 자리였다. 그 안정된 자리를 두고, 친구도 친척도 없는 이곳에 온 것이다.

나보다 훨씬 수월하게 일하고, 손님들에게도 싹싹해서 칭찬도 많이 들었던 아내. 그렇지만 말은 안 했어도 얼마나 답답했을까. 집안일은 많았고 아이는 아직 어려 엄마의 손길이 많이 필요했다. 가게에선 때 이른 '아줌마' 소리를 하루에도 수십 번씩 들어야 했다. 고작 서른 살부터….

타지에서 원하지 않은 일을 하면서 아내는 가슴속 깊이 숨겨졌던 꿈을 좇았을 것이다. 그리고 자격증을 위해 열심히 공부했다. 틈나는 대로 참고서를 보고, 문제를 풀고, 오답노트를 만들어 틀린 문제를 공부했다. 자격증을 딴 이후 펼쳐질 새로운 삶을 동경했을지 모른다. 마치 고치를 뚫고 하늘로 날아가는 나비처럼 새로운 인생을 꿈꾸었을 것이다.

그런데 시험에 떨어진 것이다. 집안일을 내가 조금 더 신경 쓸걸…. 하루 종일 가게를 내가 쭉 볼걸…. 뒤늦은 후회를 해보았지만 이미 결과는 나왔고, 아내는 울었다.

한동안 아내는 의기소침한 표정이었다. 나 역시 어떤 말을 건네야 할지 몰라 "힘내. 다음에 또 좋은 기회 있을 거야."라는 위로 같지 않은 위로만 늘어놓았다.

몇 개월이 흘렀다. 아내 얼굴에 다시금 생기가 돌고 있다. 청소년 진로를 위한 교육을 듣고 있기 때문이다. 일주일에 한 번씩 교육을 받으러 시내로 나간다. 몇 달 동안을 교육 받고 실습에 나설 예정이다. 그 이후엔 근처 중학교에서 학생들에게 진로 특강을 한다고 한다. 일주일에 한 번 시내로 나가는 발걸음이 가볍다. 갔다 오고 나선 환기가 된다고 말한다.

부디 아내가 이번 교육을 통해 잃어버린 자신감을 되찾길 바란다. 그동안 오래도록 움츠렸는데 더 멀리 도약하길 기대한다. 교육을 받는 날 아침, 아내가 새 신발과 새 가방을 챙긴다. "오! 멋진데. 잘 어울린다." 나는 평소보다 높은 톤으로 아내에게 칭찬을 건넨다. "고마워" 하며 집을 나서는 아내의 발걸음이 유난히 가벼워 보인다.

아낌없이
주는
동생

문방구는 우리 집과 5분 거리이다. 가까워도 너무 가깝다. 조금 늦게 일어나더라도 재빨리 나가 가게 문을 열 수 있다. 일하다가 출출한데 손님이 없으면 집에서 간식거리를 갖고 오기도 한다. 너무 생활반경이 좁다 보니 답답해지기도 한다.

이런 답답함을 해소할 수 있는 유일한 출구가 있다. 바로 문구 도매점에 가는 것이다. 아침 장사가 끝난 뒤, 재고가 빠진 학용품을 확인하고 도매점을 간다. 평소에는 일주일에 두세 번, 신학기에는 거의 매일 들른다.

그곳에 가면 하나뿐인 여동생이 "뭘 와? 배달 있을 수도 있는데."라며 퉁명스럽게 맞아준다. 여기는 동생네가 하는 도매점이다. 동생이 같은 직종에 있다는 게 알게 모르게 큰 도움이 된다.

아무것도 모른 채 문방구를 시작했을 때였다. 간판만 걸린 가게는 텅 비어 있었다. 새로 맞춘 문구용 장만 덩그러니 놓여 있을 뿐. 문구 판매 경력이 10년 넘은 동생은 각종 학용품과 장난감을 한 트럭 싣고 왔다. 가게를 쭉 스캔하더니, "이건 저기가 좋겠다. 이건 앞쪽이 좋을 것 같아."라며 위치를 하나하나 지정해 주었다. 동생의 도움으로 초짜 문방구 사장은 반나절 만에 물품을 정리할 수 있었다.

이후에도 동생의 도움이 절대적으로 필요했다. 학용품을 팔다가 가격을 모르면 곧바로 전화. 손님이 찾는 물건이 없으면 도매점에 있냐고 전화. 학교 납품은 어떻게 해야 하는 거냐고 전화. 계속 전화, 전화…. 아마 살면서 동생에게 연락했던 것의 절반 이상을 몇 개월 안에 한 것 같다. 아무튼 '맨땅에 헤딩'하던 나와 아내에게 동생의 존재는 큰 힘이 되었다. 지금도 동생의 도움은 끊이지 않는다. 새로 나온 장난감 있으면 사진 찍어서 보내주고, 잘 나갈 것 같다고 귀띔도 해 준다.

도움은 가게 일로 그치지 않는다. 친구와 친척, 지인이 거의 없는 지방에 사는 우리에게 동생은 한 줄기 빛과도 같았다. 그 지역 사람만이 알 수 있는 좋은 정보를 알려 주고, 맞벌이하는 우리를 위해 동생은 반찬거리를 갖다주기도 한다. 자기도 맞벌이하면서. 동생은 또한 아내의 좋은 말벗이 되어 준다. 시누이와 올케 사이의 갈등? 이런 건 그들에겐 없다. 매일 카톡을 하면서도 통화도 많이 한다. 어떨 때는 내 흉을 같이 보는 것 같은 기미도 파악된다. 그때 나는 포커페이스를 유지하면서 내가 뭘 잘못했는지 잘못을 헤아려야 한다.

동생은 아이에게도 좋은 고모다. 어린이날, 크리스마스, 생일 등 기본적으로 선물을 줘야 하는 날에는 미리 아이에게 "이번에 선물 뭐 줄까?"라며 상호 합의 후에 선물을 사준다. 선물 공세에는 끝이 없다. 아플 때에도 선물을 주고, 아이와 도매점을 갔을 때에도 레고를 사주기도 했다.

나 역시 동생이 있어 든든하다. 보통 오누이가 그렇듯 표현을 잘 안 하지만, 항상 고맙다. 한 살 터울이라서 어릴 때부터 많이 싸웠는데, 내가 이길 때도 있었지만 동생은 조목조목 내가 잘못했던 것을 말해서 항상 내가 진 것 같은 기분이 들었다.

나는 고등학교를 졸업하면서부터 집에서 떨어져 살았다.

그렇지만 나와 달리 동생은 졸업 후, 엄마를 도와 아기 옷 장사를 시작했다. 시장에서 원단을 사 온 뒤 직접 디자인해서 옷을 만든 다음 남대문에서 팔았다. 지금 생각하면 그 어린 나이에 어떻게 그렇게 살 수 있었을까? 의아하기만 하다. 그때부터 동생은 실질적인 가장의 역할을 했던 것이다. 나는 장남이면서도 용돈만 꼬박꼬박 받았을 뿐. 그때 엄마와 동생이 나를 내쳤다면…. 생각만 해도 끔찍하다. 평생토록 내가 갚으려 해도 갚을 수 없는 은혜다.

그렇게 동생은 엄마 옆에서 일하다가 결혼 후 이곳으로 온 것이다. 그리고 20대 후반부터 40대 초반까지, 젊은 시절 대부분을 문구 도매점에서 보냈다. 매일 가게를 왔다 갔다 하며 손님들 물건 찾아주고, 대전 곳곳의 문방구를 직접 돌며 배달한다. 예전처럼 서로 멀리 떨어져 살았을 때는 그저 잘살고 있으려니 생각했을 텐데, 이렇게 가까이 살면서 실상을 들여다보니 참 열심히 살고 있다는 생각에 마음이 짠해진다. 이제 편하게 살 때도 됐는데…. 연세 있으신 손님들이 동생을 막 대하는 모습도 가끔 본다. "이것 좀 찾아와 봐!" 하며 거의 반말 조로 명령하시는 분들을 보면 내가 다 화가 나는데, 동생은 이미 초월한 듯 "네" 하며 물건을 찾으러 발걸음을 옮긴다.

무엇보다도 동생에게 감사한 것은 우리 가정에 무한한 신뢰를 보여 준다는 것이다. 내가 가게 일에 익숙지 않아 힘들어할 때, 오빠 지금 잘하고 있는 거라며 인정해 주고 지지해 주었다. 아내에게도 기쁜 일이 있거나 슬픈 일이 있을 때마다 함께 기뻐해 주고 슬퍼해 준 이가 동생이다.

오늘도 카톡 수십 건을 건네받은 것 같다. 새로 나온 물건부터 밥은 먹었냐는 인사, 별 의미 없는 내용까지…. 이렇게 같은 지역에서 같은 일을 하는 동생이 있어 새삼 감사하다. 늘 아낌없이 주는 동생. 이젠 내가 오빠 노릇 좀 해야겠다. "뭐 먹고 싶은 거 있냐?" 하고 카톡을 보내봐야겠다.

다음엔
손이라도
잡아 줄게

비가 추적추적 내리는 저녁. 날씨 탓인지 손님도 별로 없었다.

'오늘 매출은 얼마일까?'
'내일은 노트를 더 들여놔야겠네.'

이런저런 생각을 하며 멍하니 카운터에 앉아 있다가, '오늘은 좀 일찍 닫을까' 하여 슬슬 가게 닫을 채비를 하고 있었다. 그때였다. 비맞은 더벅머리 아이가 들어와 조그마한 종이를 건넨다. 종이엔 이렇게 쓰여 있었다.

"문화상품권 2만 원 주세요."

아.

말을 못하는 아이였다. 조금씩 "으, 으."라며 의성어를 말했
지만 온전한 말은 아니었다. 자신의 의사를 표현하기 위해 종
이를 건넨 것이었다. 초등학교 3학년이나 되었을까? 어린아이
였다. 의성어를 계속 말한다. 빨리 달라는 눈치다. 아이와 아
이의 행동에 순간 당황스러웠다. 얼른 금고를 열고 문화상품
권 2장을 꺼내어 준 뒤 돈을 받았다.

나가는 아이의 뒷모습을 향해 뒤늦게 인사했다.

"잘 가, 비 맞지 마!"

불과 몇 분 동안에 일어난 일이다. 3~4분이나 되었을까? 아
이가 두고 간 종이를 빤히 바라다보았다. 갑자기 내 안에 막혀
있던 생각들이 물밀 듯이 밀려와 머릿속을 훑고 지나갔다.

'아이는 왜 비를 맞고 다닐까? 문화상품권이 저녁에 왜 필요
했을까? 엄마의 심부름일까? 아이는 친구들과 어떻게 의사소
통을 할까? 문화상품
권을 달라는 글을 쓸
때, 아이는 어떤 마음
이었을까? 전에도 이

얼마나 많은 종이를 건네야 할까?

런 식으로 물건을 사 보았을까?'

　아이가 문화상품권을 사간 그 시간. 문방구를 운영하는 사람으로서 나는 부족함 없었을 것이다. 기다리는 아이를 조금도 지체시키지 않고 필요한 물건을 곧바로 건네주었기 때문이다. 하지만 아저씨와 아이, 즉 사람 대 사람으로는 어떠했을까? 작은 후회가 생겼다. 그 순간 주로 이성을 담당하는 좌뇌가 아니라 감정을 담당하는 우뇌를 사용하면 어땠을까? 나는 충분히 다른 일을 할 수 있었다.

　우선, 앉아 있던 내 몸을 일으켜 세워 아이의 머리를 만져 줄 수 있었다. "왜 비를 맞고 다녀?"하고 물어볼 수 있었다. 휴지를 꺼내 젖은 얼굴을 닦아 줄 수 있었다. 아이가 꺼낸 종이를 보고, 문화상품권을 건네기 전에 "너 게임하려고 그러지? 게임 좀 적당히 해야지!(문화상품권은 청소년들에게 게임머니로 많이 사용된다)"라며 간단히 조언할 수도 있었다(물론 꼰대 말투 말고). 삐뚤삐뚤한 아이의 글씨 밑에 내가 글을 쓸 수도 있었다. "앞으론 비 맞고 다니지 마, 감기 걸려.", "문상이 2만원이나 필요해? 꼭 필요한 데 써!"(완전 실시간 댓글 아닌가?) 훈훈한 글이 아니더라도 좋다. "너 왜 이렇게 글씨 못 써! 아저씨가 못 알아보겠네!"라며 농담할 수 있었다. 이렇게 아이에게 나는 다른 것도 줄 수 있었다. 아마도 안 좋은 날씨에 빨리 가게 닫고 집에 갈 생각만 했나 보다. 아이와 소통할 어떤 노력도 하지 못했다.

그때 나는 문화상품권만 주었다.

가게를 닫고, 집으로 돌아가면서 계속 아이 생각이 났다. 문화상품권을 사기 위해 한 글자 한 글자 정성스럽게 글씨를 썼을 아이…. 갑자기 먹먹해졌다. 아이가 살아갈 세상이 그리 녹록하지 않기에. 그리 만만하지 않기에…. 앞으로 저 아이는 물건을 사면서 얼마나 많은 종이를 건네야 할까? 종이에 미처 다적지 못할 그의 답답한 마음은 어떠할까? 누가 알아줄까?

항상 바쁘고 정신없는 이곳 문방구에 찾아와 종이를 건넨더벅머리 아이. 그는 돈 받고 물건 건네는 극히 반복되는 일상에 잔잔한 파문을 일으켰다. '문상 아이(내가 별명 붙였다)'가 나중에 다시 왔으면 좋겠다. 다음에 오면 댓글 놀이를 하며 조금이라도 친해져야겠다. 아니, 우선은 손이라도 잡아주어야겠다. 꼭!

다시는
사러 오지
마세요

문방구는 아이들만 오지 않는다. 온 계층의 사람들이 온다. 어른들은 대개 아이의 장난감이나 학용품을 사지만 그것만 사러 오시진 않는다. 어르신들이 "○○ 있어요?"라고 물으시면, 난 부리나케 물건을 찾아 대령한다. 조그만 가게에 꼭꼭 숨어 있는 물건을 찾아야 하기에 보물찾기를 하는 기분도 든다. 1년에 몇 번밖에 안 나가는 물건을 찾을 때는 가게를 거의 뒤엎어야 한다.

그래도 용케 찾아 물건을 전달하면 "우와!

정말 고맙습니다. 수고 많으셨어요."라는 말은 듣지 못할지라도 나름 뿌듯하다. 그런데, "그게 아닌 것 같은데요. 다른 건 없어요?"라고 물으면 다시 상품 없는 보물찾기가 시작된다. 이렇게 숨어 있는 물건을 찾는 것이 문방구 일의 절반 이상은 차지하는 것 같다. 그중에서 꾸준히 잘 나가는 효자 상품이 있다. '어! 문방구 올 만한 나이는 아닌데'라고 생각되는 20대 중후반의 젊은 사람이 오면 100%다. 그들은 이것을 찾는다.

"이력서 있어요?"

'문방구에서 별 걸 다 파는구나.'

내가 팔고 있으면서도 새삼 느낀다. 하긴 이력서 외에도 각종 양식을 팔고 있다. 견적서뿐 아니라 부동산 매매계약서까

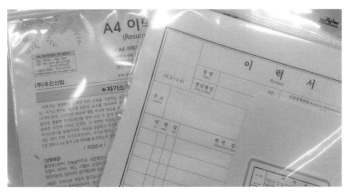

이력서는 팔지 않아도 괜찮다

지…. 이력서에는 이력서는 물론이고 자기소개서, 봉투, 거기에 양면 스티커까지 들어 있다. 이력서를 하나 사면 이력서와 자기소개서를 쓴 다음 봉투에 넣은 뒤 봉하면 끝이다. 작성 요령과 예문까지 친절하게 들어 있다.

문방구에서 이력서를 찾는 사람이 생각보다 많다. 하도 자주 찾아서 곧바로 줄 수 있도록, 카운터 바로 뒷자리에 비치해 두었을 정도다. 특히나 1, 2월처럼 본격적인 취업시즌이 시작되기 전에 많이 찾는다. 산 지 얼마 지나지 않았는데 똑같은 사람이 또 와서 사 가기도 한다. 팔긴 팔지만 왠지 씁쓸하다. 그 사람의 심정은 어떨까….

이력서는 젊은 사람들만 사는 건 아니다. 머리가 허옇거나 벗겨지기 시작하신 분들, 딱 봐도 오십은 되어 보이시는 분들도 사러 오신다. '명퇴(명예퇴직)'를 당하셨거나 해서 재취업을 생각하시는 분들이셨다. 그분들이 가끔 묻기도 한다.

"이력서 어떻게 쓰는 거예요?"

난 이력서에 쓰여 있는 요령을 손으로 짚어 드리며 대강이라도 알려드린다. 내가 곰살맞지 않아서 "요즘 취업이 쉽지 않죠? 좋은 결과 있으셨으면 좋겠네요."라고 말을 덧붙이지는 못했다. 그저 그분이 원하시는 곳에 취업하셔서 다시 사러 오시지 않기를 바랄 뿐.

　가게를 처음 시작할 때는 이력서가 별로 안 나갔는데 요즘
은 하루에 한두 개는 기본으로 나간다. 방학에는 장사가 잘 안
되니 이런 거라도 나가면 고맙지만, 마냥 기분이 좋지만은 않
다. 앞길이 창창한 청년들, 그리고 다시 펼쳐질 인생의 2막을
힘겹게 시작하실 어르신들의 타들어 가는 마음은 어떡할까?
얼른 취업하셔서 이력서를 사지 않으셨으면 좋겠다. 이력서
못 팔면 어떡하냐고? 뭐, 난 다른 거 팔면 되지….

이것
좀
드셔 보세요

　　　　　바쁜 저녁 장사 끝나고 멍하니 앉아
있는데 누가 찾아왔다. 상가의 피자집 아주머
니가 피자 두 쪽을 갖고 오셨다.

　"아이고. 웬 피자예요?"
　"주문이 잘못 들어가서요. 지금 막 만든 거
예요. 드셔 보세요."
　"감사합니다. 잘 먹을게요."

　피자로 늦은 저녁을 때우며, 이런저런 생각
이 들었다.

'요즘 같이 삭막한 때 그래도 정이 있구나.'

잘못 만드셨으면 기분이 좋지 않으셨을 텐데⋯. 그런데도 나눠주려는 마음이 고마웠다.

문득 문방구를 하면서 만났던 여러 손길이 생각났다. 처음에 오픈할 때 예쁜 간판을 달아주신 간판집 아저씨. 자기 가게 간판처럼 세심하게 작업하시고, 시트지도 깔끔하게 붙여 주셨다. 그분은 그냥 간판 작업만 하셔도 됐는데 조그마한 문패도 서비스로 해 주셨다. 아저씨께는 어린아이가 있었는데, 조그만 아이들 용 스티커라도 못 드린 게 마음에 걸린다. 오픈 준비로 경황이 없긴 했지만, 그래도 명색이 문방구 주인인데⋯.

오픈하고 얼마 지나지 않은 어느 날. 늦더위가 기승을 부렸다. 제일 바쁜 시간인 오후 4시쯤. 한 아주머니가 유치원 생일 선물을 사고 포장을 부탁하셨다. 무려 다섯 개. 나는 가뜩이나 손재주가 없는 데다가 포장을 해 본 적도 거의 없었다. 가위로 포장지를 난도질하다시피 하며 포장을 시작했다. 손님은 계속 오고, 마음은 더 바빠지고, 손은 더 무뎌질 때쯤, 아주머니가 말씀하셨다.

"포장이 아직 서투르시네. 같이 쌀까요?"

나는 사막에서 오아시스를 만난 것처럼 즉각적으로 "예" 하고 말하면서 얼른 포장지를 드렸다. 역시 두 명이 하니까 금방 포장이 끝났다. 벌써 5년도 더 된 일인데, 아직도 생각난다. 특히 선물 포장을 할 때는 더더욱.

물건이 있는 위치를 가리키고 가격 알려주는 것 외엔 거의 손님이랑 말을 섞지 않는 나. 그래서 아이들과도 특별한 관계를 맺는 경우가 없다. 그래도 한 명이 생각난다. 중학생 여자애. 손님이 좀 뜸한 어스름한 저녁 시간에 가끔 와서 먼저 묻지도 않는데, 이런저런 얘기를 했다.

"오늘 무슨 일이 있었는데요."
"내일 시험인데요. 공부 거의 안 했어요."

시시콜콜한 얘기를 늘어놓았다. 살가움과는 거리가 먼 나는 "응. 그래" 식으로 대꾸만 하고 별로 대화를 이어가지 못했다. 어느 날, 그 애가 와서 "저 이사 가서 다른 데로 전학 가요."라고 말했다. 그때도 난 새로운 학교 잘 적응하라고 따뜻하게 말하지 못했다. 오늘같이 손님이 없는 공허한 때에는 재잘대던 그 애의 목소리가 떠오른다.

그 외에도 감사한 사람들은 많다. 몇백 원의 거스름돈을 '쿨'하게 받지 않고 "수고하십쇼!"라고 외치시며 나가신 할아버

따뜻한 마음이 느껴진 피자

지. 꼬박꼬박 인사 잘 하는 아이들, 문방구 찾다가 간신히 찾았 다면서 "오래도록 문 방구 하세요."라며 덕 담해 주신 아주머니. 연휴 끝나고 남은 과 일을 갖고 오신 분….

장사하면서 당장이라도 문 닫고 싶을 때가 있다. 그중 팔 할 은 '사람' 때문이다. 어떻게 저런 사람이 있을 수 있지? 내가 더 러워서 장사 때려치운다. 사람이 사람 마음을 어떻게 이렇게 할퀼 수 있나….

그럼에도 아직 하고 있다. 이유는, 내가 문 닫지 않고 매일 열고 있는 그 이유는 역시 '사람' 때문이다. 사람 때문에 생채 기 난 마음을 보듬어 준 건 역시 사람이었다. 내일은 또 어떤 사람을 만날까.

지인이
생겼다

몇 년 전, 여름 휴가를 갈 때였다. 날짜를 잡기 애매해서 결국 주말을 선택했다. 휴가 전날 다니는 교회 목사님에게 연락드렸다.

"목사님. 이번 주 일요일에 휴가를 가서 예배 참석 못 할 것 같습니다."

송구스러운 마음으로 문자를 드렸다. 작은 교회라 한두 명만 빠져도 빈자리가 크게 보이기 때문이다. 조금 이따가 답문이 왔다.

"예. 잘 다녀오세요."

미안함을 조금 내려놓은 순간 이어 모바일 쿠폰이 도착했다. 아이스커피와 조각 케이크로 교환할 수 있는 쿠폰이었다. 찡했다. 처음 받아보는 것도 아닌데….

어쩌면 평범해 보이는 쿠폰이었지만 거기에 진심이 느껴졌다. 예배를 빠지는 것에 대한 아쉬움은 하나도 없는, 휴가를 잘 다녀오라는 격려 아닌가.

대전에 내려와서 마음을 터놓고 얘기할 사람이 별로 없었다. 지인들은 거의 대부분이 서울과 경기도 지역에 살고 있었다. 물론 언제라도 스마트폰으로 얼굴 보며 안부를 물을 수 있고, 서너 시간만 여유를 내면 얼굴을 직접 보고 올 수도 있다. 그렇지만 쉽지 않았다. 나는 가게에 매인 몸이었다. 하루라도, 아니 몇 시간이라도 가게 문을 닫을 수 없었다. 게다가 주말에도 가게에 있어야 했기 때문에 경조사도 참석하지 못하는 경우가 태반이었다. '이러다가 인간관계 다 끊기는 거 아니야?'라며 아내와 나는 씁쓸한 웃음만 지었다.

그러던 중 목사님과 만난 것이다. 책과 음악을 좋아하는 목사님은 성향이 나와 비슷했다. 말이 잘 통했고, 만난 지 얼마 안 되었는데도 몇 년간 교제해온 것처럼 편했다. 일요일 저녁에는 교회 사람들과 배드민턴을 같이 쳤다. 온몸에 땀을 흘리며 경기했다. 때때로 우스꽝스럽게 코트에 넘어지거나 하면 웃음이 절로 나온다. 코로나로 자영업이 힘든 시기에는 굳이 우리 문방구에 와서 아이들 학용품과 장난감을 한가득 사 가시기도 했다. "절대 깎아 주지 마세요."라며 말을 덧붙이시며…. 역시 이곳도 사람이 살고 있었다. 삭막했던 내 타지 생활에 '지인'이라고 부를 수 있는 사람이 생긴 것이다.

예전에는 지인들을 언제라도 볼 수 있었다. 하지만 생각보다 만나는 게 쉽지는 않았다. "한번 보자", "한번 밥 먹자."라는 거짓말만 늘어갔다. 물론 그때도 사는 게 바빠 만날 수 없었지만, 지금 생각해 보면 핑계였던 것 같다. 만날 시간이 없는 게 아니라 만날 마음이 없었던 것이었다.

정말 바빠서 사람을 못 만나는 지금, 오히려 사람에 대한 소중함을 더욱 느끼게 되는 것 같다. 기존 지인들에게도 자주는 못 해도 연락을 주려고 한다. 가까이 있지만 그렇기에 소중함을 몰랐던 가족들에게도 더욱 고마움을 느낀다. 부모님과 장모님께선 애쓰는 우리를 응원해 주시고, 격려해주신다.

흔히 하는 말처럼 사람은 정말 혼자 살아갈 수 없다. 그들의 격려와 관심, 그들의 사랑으로 나는 오늘도 살아간다. 어떻게 그 사랑을 갚아야 할까?

할아버지의
연애 스킬

점심을 앞둔 시간. 좀 출출함을 느
낄 때쯤 백발의 할아버지께서 가게 문을 열고
들어오셨다. '어떤 물건을 찾으실까? 없는 걸
찾진 않으실까?' 난 괜히 긴장되었다.

그런데 할아버지 왈,

"혹시 축하 카드 같은 거 있나?"

요즘 축하 카드는 별로 쓰지 않는다. 그래
서 사람들이 그다지 찾지 않는다. 아이들이
찾는 카드는 '포켓몬' 카드와 '유희왕' 카드. 왜

사는지 도통 모르겠지만, 어쨌거나 아이들은 계속해서 사 가는 문방구의 효자 품목이다. 어른들이 사용하는 카드는 주로 신용카드(가끔 체크카드)이다. 가끔 치르는 값이 천 원 미만인데도 카드를 내미실 때도 있는데, "소액일 때는 현금 부탁드릴게요."라고 최대한 정중히 말씀드린다.

어쨌든 문방구 한쪽에 축하 카드도 걸려 있다. 종류도 다양, 디자인도 다양, 가격도 다양한 카드가 구비되어 있다. 친절히 두 손으로 가리키며 "저쪽에 있어요."라고 할아버지에게 대답했다.

할아버지: (환히 웃으시며) 다행이네! 다른 문방구가 닫아서 여기까지 걸어왔어.
나: (괜히 나도 기분 좋아 웃으며) 누구한테 편지 쓰시나 봐요?
할아버지: (약간 부끄러우신 듯) 울 마누라 생일이야. 수십 년 동안 생일 때 편지나 카드를 꼭 써!
나: (입을 쩍 벌리며) 우와! 대단하세요.

수십 년 동안 써 온 축하카드를 올해도 무사히 쓸 수 있게 된 것을 좋아하시는 듯 할아버지는 연신 웃으신다. 이럴 때 나도 기분이 좋아진다. 오매불망 원하던 로봇 장난감을 손에 쥐었을 때 기뻐하는 아이들, 색깔도 예쁘고 잘 늘어나 갖고 놀기 좋은 슬라임을 산 아이들, 꼭 필요한 생활용품을 적당한 가

격에 사서 만족하는 어머니들, 등교할 때 '쌍테(쌍꺼풀 테이프)'
를 사는 외모에 한창 신경 쓸 때의 여고생들. 주말에 경조봉투
를 찾는 사람들, 급하게 팩스 보낼 수 있어 감사하다고 이야기
하는 사람들…. 자신이 원하는 것을 곧바로 살 수 있을 때 손
님들은 기뻐한다. 그럴 때 나 역시 작은 기쁨을 맛본다. 보람
없어도 괜찮다고 했는데, 이럴 때 보람을 느낀다. 역시 일하는
데 보람은 있어야 한다. 그런 맛에 장사하나 보다.

한 가지 불행(?)한 것이 있다. 할아버지의 범상치 않은 연애
스킬을 옆에 있던 아내도 들었다는 사실이다. 할아버지의 말
을 듣자마자 아내는 눈이 커지고, 입꼬리가 올라갔다. 딱 봐도
결혼 전 연애 시절에 보았던 눈빛이다. 아! 아내는 듣지 말았
어야 했는데…. 내년 아내 생일엔 뭉툭한 내 손이 고생 좀 하
겠다.

'런닝맨'의
추억

문방구를 처음 시작했을 때 나는 순진했다. 아이들이 학용품이나 장난감을 사려고 하면, 돈을 받고 물건을 건네주기만 하면 되는 줄 알았다. 그렇지만 문방구에는 내가 생각하지 못한 변수가 있었다. 바로 도둑.

난 아이들을 믿었기에 CCTV도 설치하지 않았다. '만약 훔쳐가더라도 뭐 지우개나 샤프심 같은 것 그냥 몇 개 가져가는 건데…'라 생각하며 중요하지 않게 여겼다. 나의 순진함과 아이들에 대한 믿음이 당혹감과 후회로 바뀌는 데에는 불과 한 달도 채 걸리지 않았다.

오후 3시쯤인가. 학생들이 학교 끝나고 우르르 몰려 바쁜 시간이다. 그날도 여느 날처럼 물건 찾아주고 계산하느라 정신없었다. 그런데 초등학교 3학년인가 4학년 남자애가 들어오더니, 곧바로 카운터 앞의 바닥에 있는 플라스틱 딱지 쪽으로 향했다. 그러더니 딱지가 들어 있는 상자를 통째로 들고 출입문으로 냅다 달려 나가는 것이 아닌가. 난 황당할 새도 없이 곧바로 카운터를 박차고 나가 문밖으로 갔지만 이미 그 아이는 저만치 달려가고 있었다. 쫓아가면 잡을 수 있었겠지만, 이미 가게에는 고만고만한 아이들로 꽉 차 있었다. 가게를 비울 수 없었다. 그렇게 난 첫 번째 도둑을 만났다.

훔친 딱지야 다 합쳐서 만 원 조금 안 되는 가격이지만, 황당했다. 몰래 훔치는 것도 아니고 대놓고 훔쳐 달아나다니…. 아마 가게를 처음 하는 풋내기 사장을 얕잡아보았을 것이다. CCTV가 없다는 것도 눈치챘을 것이다. 제일 바쁜 시간에 내가 정신없다는 것을 미리 알았을 것이다. 곧바로 성능 좋은 CCTV를 설치했다. 그리고 나와 아내 사이에 도둑을 부르는 명칭을 바꾸었다. '런닝맨'으로.

그때부터 아이들을 향해 매의 눈으로 보기 시작했다. 또 그런 불상사가 생길 수 있기에 제일 바쁜 시간은 아내와 같이 가게에 있었다. 너무 오래 고르면 의심의 눈초리를 보내기도 했다. 그래도 '런닝맨'은 종종 출연했다. 샤프부터 조금 비싼 장난감까지, 훔쳐가는 물건은 다양했다. 물론 이해는 된다. 학창 시절에 조그마한 것 하나 훔치지 않은 아이가 어디 있을까? 나역시 어렸을 때 가요 테이프를 훔쳤던 기억이 있다.

그런데 그런 일이 내 가게에서 일어났다는 것이 용납이 안됐다. 학용품 하나 훔쳐간다고 매출에 엄청 큰 타격을 입진 않는데, 아이들이 뭔가를 훔쳐간다는 사실이 나를 불편하게 했다. '걸리지 않고 무사히(?) 도둑질에 성공한 아이들이 얼마나 많을까?' 하는 생각에 속이 부글부글 끓었다.

내가 정말 믿었던 아이한테도 배신을 당한 경우도 있다. 그의 사전에 '도둑'은 적혀 있지 않을 거라고 생각했던 아이인데, 어머니와 함께 오더니 그동안 아이가 여기에서 물건을 많이 훔쳤었다고 용서를 구하러 오셨다. 몇 주 전부터 꾸준히 새로운 학용품을 갖고 다니니까 어머니께서 어디에서 났냐며 추궁하다가 아이가 훔쳤다는 것을 안 것이다. 순간 멍했다. 아이의 행동 때문에 부끄러우셨을 텐데도 직접 찾아오신 어머니의 마음도 고마웠지만, '세상에 정말 믿을 놈 하나 없다'라는 말을 몸소 느끼게 된 내 상황이 씁쓸했다.

이렇듯 다양한 '런닝맨'의 활약 속에서 기억에 남는 아이가 있다. 12월 24일이었다. 방학을 조금 앞둔 크리스마스이브라 여유로웠다. 손님도 별로 없었고, 나도 나름 연말 분위기에 젖어 있었다. 저녁쯤에 초등학교 4학년쯤의 여자애가 들어왔다. 십 분 이상 가게를 둘러보며 뭔가 눈치를 보는 것만 같았다. 왠지 의심스러웠다. 몇 분이 또 지났을까. 갑자기 '포켓몬' 카드를 몇 장 보조가방에 집어넣는 게 아닌가. 현행범이었다. 이런 경우에는 학부모한테 말해 주는 게 상책이다. 아이에게 주의를 주고 어머니 전화번호를 받아 연락드렸다. 어머님께서는 죄송하다고 하시며 잘 주의시키겠다고 하셨다. 그리고는 잊어버렸다. 뭐, 크리스마스이브인데 이런 일도 있네…. 하며 별일 아니라고 생각했다. 하도 '런닝맨'이 많아 무뎌졌는지.

다음날 크리스마스 오후에 가게 문을 여는데, 바닥에 편지가 놓여 있었다. 문틈으로 밀어 넣은 것 같았다. 편지를 열어보니 어제 그 아이였다. 삐뚤빼뚤 쓴 글씨로 "죄송합니다. 앞으로는 그러지 않겠습니다."라는 내용이 적혀 있었다. 어머니의 권유로 쓴 편지일 수도 있었지만 그건 중요하지 않았다. 짧은 몇 줄의 편지에서 아이의 진심이 느껴졌다. '휴, 그래도 아이는 아이구나. 아직도 순수하구나….'라는 생각에 마음이 짠했다.

'런닝맨'을 잡아야겠다는 생각에 눈에 불을 켜고 아이들을 바라보는 내 모습을 반성해 본다. 이번 크리스마스는 정성이 가득 담긴 카드는 받지 못했지만, '런닝맨'의 편지 하나로 왠지 마음이 풍성해진다. 이 마음이 오래 갔으면 좋겠다.

내가
보지 못한
것들

몇 년 전 가을이었나. 햇살 따뜻한 오후에 아이와 함께 오랜만에 산책했다. 집으로 가려는데 갑자기 아이가 놀라며 말한다.

"와! 아빠, 저것 봐!"

순간 놀라서 황급히 물었다.

"왜? 무슨 일 있어?"

그러자 아이는 환한 웃음을 지으며 이렇게

말했다.

"저기 나무에 감이 많이 열려서."
"그래? 그렇구나."

난 무미건조하게 답했다. '감나무에 감이 열리는 건 당연한 건데….'라 생각하며 다시 발길을 재촉했다. 얼마 지나지 않아 그런 생각이 들었다. '어떻게 감을 봤을까? 나보다 키도 훨씬 작은 애가. 그리고 그 당연한 걸 보고 왜 아이는 그렇게 놀랐을까?'

머쓱해졌다. 내가 보지 못한 것을 아이는 보고 있던 것이다. 본 걸로 그치지도 않았다. 너무도 당연하게 열리는 감이 아이한테는 마냥 신기했던 것이다.

한동안 아이의 모습이 계속 떠올랐다. 아이에 비해 내가 보지 못한 게 얼마나 많을까? 나는 왜 그것들을 보지 못했을까? 아이는 눈으로 보는 모든 것으로부터 흥미를 느끼고 있었다. 아이는 관찰하고 있었다. 길을 가다가도 몇 번씩 멈춰 선다. 흰 나비를 보고, 보도블록 사이의 민들레 홀씨를 보고, 개미떼를 보고…. 관찰은 아이에게 일상이었다.

나 역시 관찰한다. 가게에서 매의 눈으로 아이들을 살핀다.

주변을 두리번거리며 계속 똑같은 물건을 만지작거린다면 '런닝맨(흔히 얘기하는 도둑)'일 확률이 높으므로 그런 아이들을 주의 깊게 살핀다.

그런가 하면 딱히 특별한 것을 사려는 것 같진 않은데 계속 물건을 고르는 아이들도 있다. 한 손으로는 통화하면서 다른 한 손으로는 계속 물건을 집었다가 내려놓는 행동을 반복한다. 그런 아이들은 70% 이상이 물건을 사려는 목적 없이 그냥 들어온 것이다. 그런 아이들이 하도 많기에 '그냥 저러다가 가겠지'라고 생각하며 신경을 쓰지 않는다. 그렇지만 10분을 넘어가고, 다른 손님들이 오기 시작하고, 나의 인내심이 바닥에 닿을 정도까지 가면, 그때 이야기를 한다. "혹시 뭐 살 거 있니?" 그러면 또 아이는 별 대답 없이 훅 가게를 나간다. 조금 일찍 말할 걸 그랬나?

이런 식으로 문방구에 오는 아이들과 엄마들의 행동을 관찰한다. 들어오는 표정과 행동만 봐도 준비물을 사러 왔는지, 장난감을 사러 왔는지, 불량식품을 사러 왔는지, 그냥 들어왔는지 눈에 보인다. 나도 문방구 6년 차의 '바이브'가 생겼나 보다. 서당 개 3년이면 풍월을 읊는다고 나도 자연스레 아이들을 관찰하며 얻은 것이다. 아이들을 파악해야 빨리 물건을 찾아줄 수 있고 잘 대처할 수 있기에 아이들을 잘 지켜본다. 마치 살아 있는 CCTV처럼.

하지만 내가 보지 못한 것이 많았다. 이것을 최근에 깨달았다. 두리번거리고 만지작거리는 아이들은 사고 싶은데 살 돈이 없어서 쭈뼛쭈뼛했을 뿐임을⋯. 빨리 나가지 않냐고 눈치를 받은 아이들의 얼굴에 쓰인 아쉬움을⋯. 늦게 문 여는 일요일 아침 가게 문을 왔다 갔다 하면서 시계를 보는 아이들의 초조한 마음을 나는 보지 못했다. 아이를 키우고 있지만 아이의 눈으로 가게에 오는 아이들을 바라보진 못했다. 문방구 사장의 눈높이로, 마음으로 그들을 재단하고 평가하고 있는 건 아니었을까?

잘 관찰해야겠다. 문방구에 오는 것을 즐기는 아이들의 얼굴을. 그리고 잘 드러나지 않는 그들의 마음까지도.

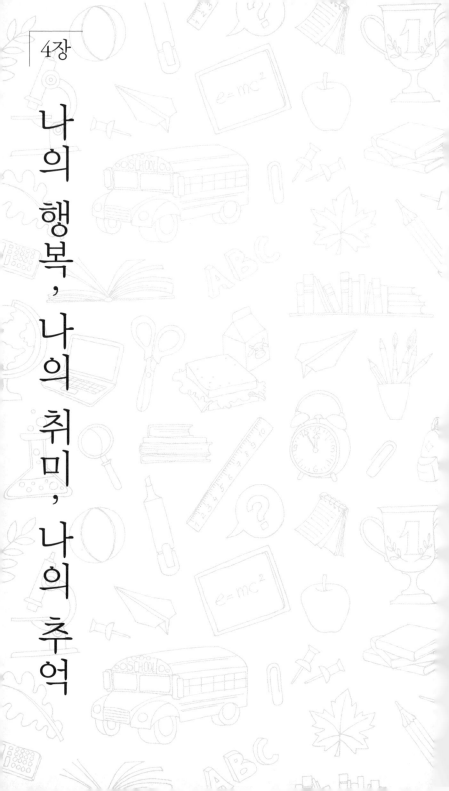

4장

나의 행복, 나의 취미, 나의 추억

내가 바라는 것 / 언제 행복한가요? / 글쓰기, 그까짓 것 / 내년에도 꼭 가자 / 진주점프는 없다

내가
바라는
것

"국문학자가 되고 싶어요."

　유별난 꿈이 있었다. 아무것도 모르는 초등
학생 때의 꿈이었다. 뭐가 되고 싶으냐고 누
군가 의례적으로 물어보면 난 당당히 국문학
자를 말했다. 친구들이 과학자, 의사, 대통령
을 말할 때 나는 무엇을 하는지도 모르는 국

문학자를 얘기했다. 아마 책을 좋아했었기에
그런 꿈이 있었나 보다. 몇 번이고 꿈은 바뀌
었다. 재미있는 TV 프로그램을 만들 수 있다

는 점에 혹해 PD를 꿈꾸기도 했고, 한때 소설

에 빠져 있을 때에는 소설가의 꿈을 꾸기도 했다.

나의 이 꿈들은 하나도 이루어지지 않았다. 지금의 나는 지방의 조그마한 문방구 사장(혹은 아저씨?)이다. 하루 종일 아이들을 상대하며 백 원, 오백 원, 꾸겨진 지폐를 만지작거린다. 살면서 한 번도 문방구 사장이 되어야겠다는 꿈을 꾸지 않았다. 내가 믿는 신에게 문방구 사장이 되고 싶다고 빌어본 적도 없다. 그런데도 어쩌다 이곳까지 왔다.

예전엔 꿈을 이룬 사람들이 부러워 보였다. 충분히 노력하지 않았던 나에 대해 실망하기도 했다. 어렸을 때부터 더 많은 기회를 가졌던 금수저들을 향해서는 괜스레 삐뚤어진 시선을 보내기도 했다. '처음부터 출발점이 다르잖아.'라고 궤변을 늘어놓았던 것이다.

문방구를 운영하는 중에도 무엇이 되고 싶다는 꿈을 꾸었다. 출판사에 들어가서 책을 만들고 싶다는 꿈을 다시금 꺼내보았다. 몇 번 시도했지만, 뜻대로 되진 않았다. 책방 사장이 되고 싶다는 낭만적인 꿈도 가져보았지만 현실적인 문제로 접었다.

지금 난 새로운 꿈을 꾼다. 무엇이 되고 싶은 것은 아니다. 그저 하루를 잘 마무리하는 것이 나의 꿈이다. 바쁜 하루의 일상을 아무 탈 없이 마감하는 것. 물론 많은 돈을 벌면 더 좋겠지만, 그렇지 않더라도 열심히 손님 상대하고, 열심히 계산하고, 열심히 물건 찾아주고, 열심히 인사하는 것이 꿈이다. 그래서 가게 문을 닫고 집에 갈 때, 땀에 젖은 옷을 바라보며 "오늘 하루 그래도 열심히 살았구나. 하루 수고 많았다." 하며 넌지시 내게 인사를 건네는 것이 꿈이다. 몇 년이나 문방구를 더 하게 될지는 모르겠지만, 문을 닫는 날까지 그저 열심히 하루하루 사는 것이 꿈이다.

가족들에 대한 꿈도 있다. 아내가 정말로 하고 싶은 일을 할 수 있었으면 좋겠다. 나보다 손도 야물고, 성격도 좋고, 끈기도 있어서 무엇을 해도 잘할 아내. 아내가 정말로 웃으며 할 수 있는 길을 찾길 바란다. 이제 초등학교 2학년인 아들은 더욱 건강하게 자랐으면 좋겠다. 키는 비록 작지만(유전의 비애?) 마음은 넓은 아이가 되었으면 한다. 어디를 가든 무시당하지 않고, 당당히 자신의 말을 할 수 있는 그런 아이가 되길….

아. 꿈이 더 있다(써 보니 계속 늘어난다). 노년에는 시골에 집을 지어 사는 것이다. 반려견 한 마리 마당에 키우면서 상추나 깻잎, 고추 같은 것도 한쪽에 심고 싶다. 살아온 날보다 살아갈 날이 더 짧을 그때. 과거를 맘껏 추억하며 황혼을 맞이하고 싶다. 그때는 아마 치열하게 사는 지금 이 순간이 그리워질지도 모르겠다.

ps. 한 가지 더. 내가 좋아하는 프로야구팀이 우승하는 것이다. 이게 제일 어려운 꿈일지도….

언제
행복한가요?

"잠깐 인터뷰하실 수 있나요?"

오후 5시쯤 되었을까. 문방구를 가득 채우던 아이들의 재잘대는 목소리가 잦아들 때쯤 누군가가 들어와서 불쑥 말을 걸었다. 긴장한 표정이 역력한 초등학교 아이였다. A4 종이를 한 장 들고 있었다.

"다양한 직업인들 인터뷰하는 게 숙제래요."

옆에 서 있던 아이의 엄마가 설명한다.

"하교 시간이라 아이들이 많이 다녀서 지금은 어렵겠는데요."

최대한 미안한 표정으로 머리를 긁적이며 주위를 둘러보니, 문방구에는 나와 아이, 아이의 어머님만 있었다. 아니, 누가 마술이나 부렸나. 머쓱한 표정으로 꼬리를 내렸다.

"예. 빨리 해 주세요(이럴 거면 처음부터 흔쾌히 한다고 할걸)."

아이는 인터뷰를 시작했다.

"안녕하세요. 저는 ○○ 초등학교 3학년 ○○○입니다. 인터뷰를 허락해 주셔서 감사합니다."

처음 질문은 쉬웠다.

아이 : "언제부터 가게를 시작하셨어요?"
나 : "응, 5년."
아이 : "문방구에서 하시는 일은 무언가요?"
나 : "학생들에게 장난감이나 학용품을 팔고 있어."

짧은 대답을 연이어 하고 깔끔하게 답했다는 성취감으로 다음 질문을 기다렸다.

"아저씨가 가게를 하면서 제일 힘들 때가 언제인가요? 또, 제일 행복할 때가 언제에요?"

앗. 질문이 너무 쉽잖아.

"사지도 않을 거면서 이것저것 만지고 가는 손님, 반말을 막 해대는 '개저씨'들을 만날 때 짜증나 죽겠어. 방학 때 뚝 떨어진 매출을 보면 밥맛도 없어. 내 아들보다도 나이가 어린 아이들에게 별것도 아닌 일로 화를 낼 때 힘들어. 늦잠을 더 자고 싶은데, 주말에도 어쩔 수 없이 가게 열어야 해서 힘들어. 점점 좁아지는 자영업자의 입지가…."라고 차마 말할 수는 없었다. 머릿속에는 가게를 하면서 힘든 점 99가지가 떠올랐지만, 내 앞에는 떨리는 목소리로 질문하는 아이가 있었다. 그에게 이러저러해서 힘들다고 하는 건 의미 없지 않은가.

"응. 아침하고 저녁에 아이들이 많이 와서 바쁠 때 힘들어."

이렇게 별 의미 없는 답을 해줄 뿐이었다. 교과서적인 답 그 이상도 이하도 아닌. 그리고 언제 행복하냐에 대한 답이 남았다.

"자라나는 아이들에게 꿈과 희망을 심어줄 수 있는 이 직업이 너무도 행복해."라는 파랑새 같은 답을 해주진 못했다. "일할 수 있는 게 행복하지. 일한다는 것 자체가 보람 있어." 교육방송 〈극한직업〉에서 몇 번은 들어보았을 답을 해 주었다. 인터뷰는 끝났다. "이렇게 시간 내주셔서 감사합니다."라며 쭈뼛쭈뼛 인사를 건네며 아이는 도망치듯 자리를 벗어났다. 바쁘게 또 저녁 장사를 시작했다. 일을 마무리하고 집에 가려는 중 아이가 물었던 '행복'이라는 흔한 단어가 문득 떠올랐다.

'행복? 나는 언제 행복하지?'

옷이 다 젖을 정도로 땀 흘리며 장사를 마친 후, 그래도 오늘 하루 잘 살았다는 느낌이 들었을 때.

항상 우리 애들 잘 챙겨주셔서 고맙다고 과일 몇 개 가져오신 동네 아주머니를 만났을 때.

학교에서 갑자기 준비물이 생겨 '줄을 서시오' 할 만큼 아이들이 밀려오고, 확 매출이 뛰어오를 때.

아침 장사 끝나고, 물건을 구비하러 도매점에 가는데 라디오에서 좋아하는 〈보헤미안 랩소디〉가 흘러나와 휘몰아치는 프레디 머큐리의 목소리에 전율할 때.

얼마 전 생일날 아내와 아이가 깜짝 파티를 해 주고, 삐뚤빼뚤한 글씨로 "아빠, 낳아주셔서 감사합니다."라는 카드를 받았을 때.

도서관에서 내가 읽고 싶었던 책을 만났을 때.

쭉 적어보니 행복은 멀리 있는 게 아니었다. 고되고 지난한 현재를 견뎌낸 뒤 다가올 먼 훗날에만 존재하는 게 아니다. 문방구를 운영하고, 책을 읽고 글을 쓰며, 가족들과 오붓하게 살아가는 '지금'. 바로 지금 행복을 찾을 수 있었다. 내가 행복을 찾을 수 있고, 누릴 수 있는 건 오직 지금뿐이다.

아까 인터뷰 때 떠올렸던 '나를 힘들게 하는 것'을 다시 생각해 보았다. 생각만 했는데도 정말 힘들어지는 느낌이다. 힘든 점을 생각하면 힘들어지고, 행복한 것을 생각하면 행복해진다. 굳이 힘든 점을 생각하지 말자. 그 시간에 나를 행복하게 만드는 것을 찾고, 어딘가에 숨어 있을 행복을 만나고 싶다.

휘게는 활기로 가득하다.
휘게에는 매뉴얼이나 진언이 없다.
무엇을 해야 하고 무엇을 하지 말아야 하는 지에 관한
규범도 없다.
단지 때때로 삶에서 벗어나 휴식을 취하면서
그 순간을 즐길 수 있도록 하는 것뿐이다.
휘게는 소소한 것, 일상적인 것, 익숙한 것에서 즐거움
을 찾으라고 독려한다.
매일을 기념하고, 사물보다는 경험을 우선시한다.

- 샬럿 에이브러햄스, 홍승원 옮김, 『오늘도 휘게』, 미호, 2017, 16p.

 잠깐 인터뷰를 하고 떠난 3학년 아이. 그 조그만 아이가 귀중한 것을 가르쳐주었다. 잊지 말아야겠다. 행복보다 힘든 점이 많다 여겨질 때 오늘의 인터뷰를 떠올려봐야겠다. 자, 오늘의 행복은 어디에 있을까?

글쓰기,
그까짓 것

요즘 글을 쓴다. 주로 에세이. 즐겁게 쓰고 있다. 에세이를 써야겠다고 다짐한 것은 글쓰기를 연습하기 위해서였다. 내가 하도 글을 안 쓰니까 그 용도로 쓰다 보면 꾸준히 쓸 수 있을 것 같았다. 그런데 쓸 게 없었다. 쓰고는 싶은데 쓸 게 없다니…. 이게 무슨 말인가. 배고픈데 쌀이 떨어졌다는 상황과 같을까. 어쨌든 시작부터 난관에 부딪힌 꼴이었다.

찬찬히 생각해 보니, 결국엔 내 이야기를 써야겠더라. 그렇지만 내 이야기를 쓰려면 나를 알려야 했다. 내 상황을 알리고, 감정의 상태를 보여야 했다. 최대한 나를 숨기고 글을 써보겠다는 계획도 세웠지만, 며칠도 안 돼서 수포가 되었다. 나를 조금은 드러내야겠다고 결심하고, 글을 쓰기 시작했다.

바쁜 문구점에서 글을 쓴다

다행히 쓸 게 있었다. 다른 사람에게 왠지 알리기 싫었던 문방구 이야기를 썼다. 문방구와 나는 떼려야 뗄 수 없으니까. 물과 물고기, 하늘과 새, 호빵과 팥, 이 정도의 관계랄까? 어디서 쓰느냐? 친환경원목 서재에서 에드워드 엘가의 〈사랑의 인사〉를 들으며 방금 정성스럽게 내린 에티오피아 예가체프 원두커피를 마시며 쓰진 않는다. 나의 애증의 장소, 문방구에서 쓴다. 원두커피 대신에 한국이 만든 최고의 발명품 믹스 커피를 진하게 타 마시며, 바깥의 경적과 새소리의 언밸런스한 협주를 들으며 쓴다. 아침 장사를 끝내고, 제일 한가할 때 쓴다. 물론 손님이 오면 글의 리듬이 끊겨서 최대한 얼른 가 주시기를 바라며 나도 모르게 말이 빨라지지만…. 그래도 이 시간이 제일 집중이 잘 된다.

글감은 어떻게 찾을까? 어떤 주제나 소재가 떠오르면 숙성한다. 어디에서? 머릿속에서. 하루나 이틀 숙성하면 주제가 조금 더 명확해지고, 그와 관련된 에피소드가 불현듯 생각나기도 한다. 김치를 담글 때 처음에는 생배추 같다가도 시간이 지나면 '이게 바로 한국의 맛이야'라는 말이 절로 나올 정도로 익어서 라면을 끓이게 되는 것처럼…. 생각만큼 숙성이 안 될 때는 다른 주제를 생각하면 된다.

잘 숙성된(그래 봐야 이틀?) 글감을 꺼내어 글을 쓰기 시작한다. 서론-본론-결론을 미리 계획하지 않는다. 분량도 전혀 머릿속에 없다. 내 마음대로 쓴다. 에세이 아닌가. 독자의 마음과 기호도 생각하지 않는다. 왠지 씁쓸하지만 고려할 독자도 없는데 뭐…. 여하튼 손가락에 모터 달린 듯, 쭉 쓴다. 한 시간쯤 지나면 초고가 완성된다.

글을 마치고 '그래 가끔 하늘을 봐야 돼' 하며 멍하니 있을 때쯤 교대하러 아내가 나온다. 이때의 아내가 제일 반갑다. 전성기 시절 이종범의 도루보다 빠르게 집으로 뛰어 들어간다. 밥을 먹고, 도서관 가서 책을 빌리고, (아주 조금) 집안일을 하고, (아주 가끔) 헬스를 하고, (거의 매일) 낮잠 자고, 아이들의 하교 시간인 4시쯤에 다시 전장으로 나온다.

몇 차례 손님들의 침략을 받고 나면 다시 노트북을 켠다. 그리고 아까 썼던 초고를 수정한다. 몇 시간 전에 쓴 것인데도 수정할 것이 많다. 이렇게 다 쓰고 나면 블로그나 브런치에 올린다. 혹시나 눈 빠지게 기다리고 있을 독자(없을 수도 있지만)를 위해 SNS에도 공유한다. 그날 다 못 쓰면 다음 날로 넘긴다. 청탁원고가 아니니까 상관없다.

이렇게 한 편을 쓰면 기분이 상쾌하다. 진부한 표현을 어떻게 바꿔야 할지 머리를 짜내야 하고, 가끔은 완결 안 된 미드를 보고 싶어 미칠 것 같고, 다음엔 무엇을 쓸지 약간의 걱정도 있지만, 글을 쓰는 순간은 어느 때보다 몰입한다. 글을 쓰는 과정 자체가 재미있다. 이 맛을 알기에 계속 쓰나 보다.

다 쓰고 나면 글 쓰는 것이 어렵다는 생각은 순식간에 사라진다. 대신 공부가 제일 쉬웠다는 우등생의 마음을 어느 정도 느낀다. "글쓰기처럼 쉬운 게 어디 있겠어요?"라고 허세도 부리고 싶어진다.

기우도 생긴다. 지금은 1년 중 제일 여유로울 때(장사가 안 된다는 말이기도 합니다, 흑흑)라서 이런 루틴으로 쓸 수 있지만, 아이들이 일렬종대로 밀려와 "그만 와"라며 행복한 고함을 외치는 신학기에는 이렇게 쓸 수 없을 것이다. 어떡하지? 그때는 또 그때 생각하면 되겠지. 뭐, 일단은 오늘만 생각한다.

그냥저냥 오늘도 한 편 썼다. 지금부터 다음 글 쓸 때까지가 제일 기분이 좋다. 누군가가 검사를 하진 않겠지만 숙제를 끝낸 느낌이다. 이젠 놀아야겠다. 근데, 다음 글은 뭐 쓰지?

내년에도
꼭 가자

부리나케 해수욕장을 알아봤다. 멀리 떨어져 있으면 안 되고, 물놀이는 필수고, 모래 놀이도 할 수 있으면 좋을 것 같다. 최소한으로 씻을 수 있는 화장실도 있어야 한다.

여름휴가를 가기로 했기 때문이다. 자영업을 하면서 여름휴가 잡기는 그나마 쉽다. 그렇지만 일반 회사라면 어떨까? 다른 사람, 그중에서도 주로 상사의 눈치를 봐야 한다. 주말이나 빨간 날을 붙여 쓸 수 있는 황금연휴는 무용담에서나 들을 수 있다. "내가 말이야.

이번 휴가를 어떻게 쓸 수 있었냐면….” 갔다 와서도 마음이 편하지 않다. 나를 위해 고이 남겨 두었을 일거리가 쌓여 있고, 휴가 하나만을 바라보고 달려왔는데 그 북극성 같은 휴가가 사라졌기 때문이다. ‘언제 또 놀러 가나’ 한숨만 는다.

지금은 쉽다. 그냥 내가 쉬고 싶을 때 쉬면 되니까. 물론 매출의 감소는 감수해야 한다. 휴가비가 어디서 나오는 게 아니다. 올해는 코로나도 있고, 장마도 길어서 휴가 생각을 따로 하지 않았는데 아들의 한마디 때문에 어디로든 가자고 한 것이다.

“아빠. 올해는 휴가 안 가?”

군산 선유도 해수욕장이 괜찮을 듯싶었다. 당일치기로 다녀오기로 했다. 그런데 막상 떠나는 날이 되니, 나와 아내만 신난 것 같았다. 선글라스를 챙기고, 선크림도 챙기고, 먹을거리도 챙겼다. 아들은 천하태평이다. 세월아 네월아. 누구 때문에 가는 건데…. 튜브가 얼마 전 구멍이 나서 마트에 들려 튜브를 사고 간단히 밥을 먹었다. 거기서 30분이면 도착지였는데 사람들 생각이 다 우리와 같았나 보다. 해수욕장까지 차가 쭉 밀려 있는 것이었다. 결국 40분을 더 걸려 바다에 도착했다.

제일 더운 2시에 도착. 일찍 일어난 새가 벌레를 잡는다던데, 늦게 도착한 우리는 텐트 칠 곳이 없었다. 어쩔 수 없이 뙤약볕 아래 모래밭에 텐트를 쳐야만 했다. 장마 이후 폭염 속에서 땀을 줄줄 흘려 텐트를 치고 우리는 바닷물에 들어갔다. 서해답지 않게 물이 깨끗했다. 물도 너무 차지 않고 너무 뜨겁지도 않은 딱 기분 좋게 적당한 온도였다. 아들은 처음 써 본 스쿠버용 수경이 마음에 드는지 계속 착용한 채 잠수했다. 나와 아내도 튜브도 타고 파도타기도 하며 즐거운 시간을 보냈다. 간만에 아무런 걱정 없이 놀았다. 가게 월세도 생각나지 않았고, 떨어진 매출도 생각나지 않았다. 그저 시원한 물에서 아이처럼 놀았다.

놀다가 지치면 텐트에 들어가 쉬었다. 마트에서 사온 김밥과 치킨을 먹었다. 더운 날씨라 챙겨오지 않은 버너가 못내 아쉬웠다. 라면 한 젓가락이 당겼는데…. 챙기라고 했던 아내 말을 듣지 않았던 게 후회된다. 역시 아내 말은 무조건 들어야 한다는 진리를 새삼 확인했다. 바람이 세차게 불었다. 시원해서 기분이 좋았지만, 저가의 우리 텐트는 바람에 제대로 버틸 수 없었다. 양쪽 끝에 박아두었던 핀이 어디론가 사라졌다. 마치 낙하산처럼 이리저리 날아가려는 텐트를 양손으로 잡기까지 했다. 슬슬 가야겠다는 생각이 들어 텐트를 정리했다. "조금 더 놀자!"를 외치는 아이는, 물이 빠지고 있는 바닷가에서 게를 잡으며 아쉬움을 달랬다.

다 정리하고 화장실에서 대충 씻고 집으로 출발했다. 십 분
도 되지 않아 아들은 곯아떨어졌다. 하긴 그렇게 놀았으니
까…. 아들의 얼굴이 뻘겋다. 쓰고 있던 모자를 집어 던지고
작렬하는 태양에 직통으로 맞선 결과다. 나도 운전하면서 나
른했다. 하긴 해보지 않은 물놀이를 몇 시간이나 했으니…. 그
래도 벌겋게 익은 아들의 얼굴을 보니 기분이 좋았다. 간만에
즐거웠다는 아내의 말도 미소 짓게 했다.

문득 어렸을 때가 떠올랐다. 내가 아들만 한 나이였을 때,
우리 집은 여름휴가로 항상 대천 해수욕장에 갔다. 작은집 식
구들과 함께 갔던 피서였다. 참 즐거웠다. 노을이 질 때까지
하루 종일 물놀이를 해도 지치지 않았다. 숙소에서 먹었던 옥
수수와 수박은 꿀맛이었다. 매년 갔던 피서를 손꼽아 기다렸
었다. 피서를 끝마친 뒤 집에 가자마자 내년 피서를 생각했을
정도로.

내가 아들을 위해 휴가를 계획하고 장소를 선정한 뒤에 갔
다 온다는 것. 이 사실이 여러 가지를 생각나게 한다. 지금의
내 나이였을 아버지 생각도 났다. 그때 휴가를 가려면 돈도 많
이 들고 신경 쓸 게 많지 않았을까? 지금처럼 어딘가를 떠난다
는 것이 쉽지 않았을 수십 년 전 그때는 더했으리라. 그럼에도
매년 휴가를 갔었다. 아버지와 어머니 때문이 아니었을 것이
다. 결국 나 때문이었다. 나 때문에 휴가를 간 것이었다.

한여름에 어디를 나간다는 것이 쉽지 않다. 더운 날엔 에어 컨 틀고 시원한 물 마시며 집에 있는 게 천국 아닌가. 그래도 갔다 오면 잘 다녀왔단 생각이 든다. 불편하고 덥고 짜증도 나지만 우리 가족이 함께 어디론가 갔다 왔다는 것. 그 경험 이 우리 가족을 조금 더 친밀하게 한다. 내년에는 또 어디로 갈까?

"아빠 휴가 안 가면 안 돼?"라고 아들이 말할 때가 올 것이 다. 나와 아내를 따라가기보다 친구들과 노는 것을 더 좋아할 때가 금세 올 것이다. 그 전에 여기저기 많이 놀러 가고 싶다. 아들아 같이 갈 거지?

간주점프는
없다

아침 7시 반에 가게 문을 연다. 8시 반까지 준비물을 사러 온 학생들을 맞이한다. 이때가 제일 바쁜 때인데, 점점 덜 바빠지고 있다. 좋은 건지 나쁜 건지. 아침 손님을 맞이하고 나면 빠진 물건을 사러 도매점에 간다. 30분 정도 운전해서 가는데 이때가 그나마 바깥으로 나가는 듯한 해방감을 느낄 수 있다. 가끔은 천 원짜리 아메리카노를 마시며 라디오를 크게 틀고 마치 여행 가는 것처럼 그 시간을 즐기기도 한다.

이곳에서 물건을 본격적으로 고른다. 아이들의 마음을 쏙 빼놓을 건 없는지 살핀다. 지하 1층부터 2층까지 부지런히 오르내린다. 이때가 유일한 운동 시간이라 열심히 다닌다. 운동도 하고 일도 하니 일석이조? 한가득 사 들고 온 후 가게에 돌아와서 물건을 정리한다. 처음에는 한 시간 넘게 걸렸는데, 이젠 요령이 생겨 웬만한 물건은 30분이면 정리한다. 어떨 때는 정리하는 기계 같기도 하다. 가격 라벨 붙이고 물건을 올바른 위치에 옮기기까지 금방이다. 대개 아내와 함께 정리하는데, 환상의 복식조처럼 죽이 잘 맞는다.

물건을 정리한 뒤에는 잠깐 가게를 보다가 5분 거리에 있는 집에 들어가서 쉰다. 밀린 집안일을 하고 운동도 하고 글도 써야겠다고 생각하지만, 막상 집에 가면 쉰다. 진짜 말 그대로 쉰다. 낮잠을 자기도 하고, 멍하니 TV를 보기도 한다. 그나마 생산적인 활동이라면 집 근처 도서관에 가서 책 빌리는 정도? 이른 저녁을 먹은 다음 다시 가게에 나가서 다음날 준비물을 사러 온 학생들, 급하게 생필품 사러 온 아파트 주민들을 맞이한다. 9시에서 9시 반쯤 가게를 정리하고 집에 들어간다. 집에서 간식 먹고 오늘의 수입을 결산한다. 보통 이때가 제일 행복한 시간이지만 그렇지 않을 때도 많다. 잠깐 아들이랑 오늘 하루를 어떻게 지냈는지 얘기한 후 TV를 보다가 잠자리에 든다.

어찌 보면 단순하다. 가끔 운동하거나 일요일에 교회 가는 것 빼고는 거의 같은 일상이다. 이런 삶을 몇 년간 해왔다. 가뜩이나 내성적인 나는 더 내향적이 되었다. 뭔가 드라마틱한 삶이 있었으면 좋겠는데, 매일 똑같은 손님을 맞이하고 똑같은 말을 하고 똑같은 행동을 한다.

아마 내 삶을 누가 영화로 만든다면 어떨까? 화려한 액션이 있는 블록버스터는 절대 아닐 것이다. 극적인 반전이 있는 시나리오 좋은 영화도 아닐 것이다. 그렇다고 분위기 좋은 OST가 계속 나오는 영화도 아닐 것이다. 재미 없는 다큐멘터리 영화일 것이다. 그것도 흑백. 찰리 채플린이 연기한 〈모던 타임즈〉 정도가 아닐까? 공장에서 하루 종일 나사못 조이는 일을 하는 찰리처럼, 내 삶은 계속 반복되고 있었다.

그래서인지 내 삶에도 '간주점프' 버튼이 있었으면 했다. 왜 있잖은가? 노래방에서 딱 누르면 길고 의미 없는 전주를 '점프'해버리는. 그래서 3초, 2초, 1초가 지나면 곧바로 자기가 선택한 노래를 시작할 수 있는…. 간주점프를 누르고 싶었다. 무의미하고, 힘들고, 누군가 괴롭히고, 지리멸렬할 때. 그럴 때마다 눌러서 찬란하고, 기분 좋고, 모든 이에게 사랑받고, 마냥 행복한 때로 점프할 수 있다면….

얼마 전, 문방구가 위치한 상가의 빵집이 문을 닫았다. 십여 년 이상 한자리를 지켜온 상가의 터줏대감이다. 평소에 교

류는 없어 자세한 상황은 듣지 못했지만, 다른 곳에서 가게를 하려는 모양이다. 밤 10시에 가게 문을 닫고 빵집을 지나치는데 그때까지 불이 켜져 있었다. 제빵 기계들을 거의 뺀 상황에서 아저씨 홀로 손님을 맞고 계셨다. 나중에 아내 말을 들어보니 종일 가게에 앉으신 채로 손님을 맞이하셨다고 한다. 새 가게 오픈만 해도 정신이 없었을 텐데…. 짧지 않은 시간, 자리를 지켜온 빵집. 손님들은 그 감사와 아쉬움을 표현했을 것이고 아저씨는 그동안 먹고 살게 해 주었던 손님들에게 끝까지 감사를 표현했으리라.

왠지 찡했다. 문방구를 마치는 날, 나는 어떤 모습일까? 나쁜 기억을 홀홀 털어버리고 새로운 일에 대한 기대감으로만 가득 차 있진 않을까? 빵집 아저씨처럼 마지막 날까지 묵묵히 그 자리를 지키며 물건을 팔 수 있을까? 누구나 알고 있듯 간주점프는 없다. 오직 노래방에서만 존재한다. 그렇지만 그게 다행이다. 있더라도 누르면 안 된다.

저게 저절로 붉어질 리는 없다
저 안에 태풍 몇 개
저 안에 천둥 몇 개
저 안에 벼락 몇 개

- 장석주, 「대추 한 알」 중

　　이 시가 갑자기 생각났다. 내가 지금 보내는 전주 같은 시간 속엔 노래를 노래답게 만드는, 노래를 더 아름답게 꾸며줄 마법의 재료들이 숨어 있지 않을까? 지금 가치가 없다고 일상을 그저 흘려버리기만 한다면 일상이 모여 완성된 내 '일생'은 큰 의미가 없을 것이다. 매일 똑같은 일상, 가치 없다고 느껴지기도 하는 일상을 조금 소중히 여겨보기로 했다. 언젠가 찾아올 찬란하고 화려한 노래를 기다리며 묵묵히 하루하루 전주를 즐기고 싶다. 인생에 간주점프는 없으니까.

5장

결국, 문방구의 문을 닫았다

드디어 그날이 / 새로운 기회를 찾아서 / 고마움과 미안함을 되뇌고

드디어
그날이

코로나19가 끝날 기미가 보이지 않는다. '몇 개월이면 끝나겠지'라고 생각했던 나의 순진함을 비웃듯 1년이 훌쩍 넘어갔다. 길거리에서 마스크 쓰지 않은 얼굴을 본 게 언제인지 까마득하다. 뉴스에서는 어려움을 겪는 소상공인의 이야기가 넘쳐났다. 식당, 헬스장, 학원, 슈퍼마켓 등 소규모의 가게와 상점들이 손님 없어 고전하고, 결국 문을 닫게 되었다는 레퍼토리를 매일 접했다. 한동안 TV를 켜기가 두려울 정도였다.

문방구 역시 상황이 좋지 않았다. 학생들의 등교일수가 확 줄면서 손님 또한 눈에 띄게 줄었다. 학부모들은 큰 문구점이나 생활용품점에서 필요한 것을 사고, 찾는 게 없을 때에야 비로소 문방구에 들리곤 했다. 아이들도 조그만 슬라임이나 과자만 사러 잠깐씩 들렀다. 코로나 전과 비교하면 매출은 절반 정도로 뚝 떨어졌다. 정기적인 생활비라도 줄여야겠다는 생각에 허리를 조였지만, 눈치 없이 오르기만 하는 물가 앞에 한숨만 나왔다. 게다가 가게 월세 내는 날은 왜 이리 빨리 돌아오는지….

말 그대로 버텨나갔다. '그만둘까'라는 생각을 하루에도 몇 번씩 했다. 그렇지만 별수 있나. 당장 먹고 살아야 하기에 허튼 생각을 떨쳐 버렸다. '요즘 같을 때는 뭐든 다 힘들겠지' 스스로 주문을 외우면서 끝까지 버티려 했다. 하지만 역시 세상은 날 가만히 내버려 두지 않았다.

우리 문방구와 수백 미터 정도 떨어진 거리에 초대형 문구점이 생긴 것이다. 수십 대의 차가 들어설 수 있는 주차장을 갖춘 창고형 문구점이었다. 거기서 나눠주는 전단을 보니 정말 없는 것이 없었다. 장난감부터 학용품, 생활용품까지…. 살 마음이 없더라도 그곳에 들어가면 어떤 물건이든 두 손 가득 사 가지고 나올 것 같았다. 더 황당한 것은 가격이었다. 대부분이 10~20% 할인이었고, 신학기 용품은 거의 절반에 팔고 있었다. 아니, 어떻게 이런 가격에 팔 수 있지…. 절로 헛웃음만 나왔다. 게다가 전국 배송이란다. 문구점이 아니라 기업이었다. 하릴없이 옛 유행가 노랫말이 떠올랐다. '여기까지가 끝인가 보오'

사실 예전부터 매출은 점점 떨어졌었다. 입학하는 학생은 줄어가고, 학교에서도 웬만한 준비물을 나눠줘서 학생들은 굳이 문방구에 올 필요가 없어졌다. 엎친 데 덮친 격으로 근처에 큰 문구점들이 생겨 손님들은 점점 다른 곳으로 옮겨 갔다. "새로 생긴 문구점이 더 싸고 좋은 게 많대."라고 수군대는 손님들을 황망하게 쳐다만 볼 뿐 나는 뾰족한 수가 없었다. 마치 수십 차례 잽을 맞은 것처럼 우리 문방구는 조금씩 흔들리고 있었다. 바람만 불어도 쓰러질 것 같이 간신히 링 위에 서 있기만 했다. 그런 상황에서 공룡과도 같은 코로나19가 나타나 '핵펀치'를 휘두른 셈이다. KO펀치였다.

다른 방법이 없었다. '더 이상 버티기는 힘들겠구나.'라는 씁쓸한 고백과 함께 백기를 들었다. 뉴스에서 수없이 보았던 가게들의 폐업 소식이 남의 이야기가 아니었다. 나의 이야기였다. 내 가게의 슬픈 이야기였다.

그러던 중, 지인에게 연락이 왔다. 장사는 잘 되냐며 물으시더니 이렇게 말씀하셨다.

"혹시 다른 일 해보지 않을래요? 카페 어떠세요?"

"엥? 제가 카페를요?"

새로운
기회를
찾아서

　　　지인은 경기도 광주에서 카페를 운
영하신다. 카페는 문을 연 지 1년 반 되었단
다. 코로나19로 직격탄을 입지는 않았을까.
물어보니 그의 대답은 이랬다.

　"많이 걱정했는데 다행히 큰 타격을 입진
않았어요. 사람들이 식당은 안 가도 커피는
마시더라고요. 다 테이크아웃해요."

　가게 목이 좋아 손님이 제법 온다는 말도
덧붙였다. 손이 모자라서 같이 운영할 사람을

찾던 중에 내 생각이 났다는 것이다. 처음 제안을 들었을 땐 마뜩잖았다. 아무리 잘되더라도 서서히 타격을 입지 않을까. 코로나가 더 퍼지면 문을 닫는 건 아닐까. 이런저런 현실적인 고민이 머릿속을 헤엄쳤다.

제안을 받은 후 며칠이 지났는데도 지인의 말이 계속 떠올랐다. 머리를 굴려 보니 카페 외에 다른 길은 보이지 않았다. 다른 곳에 문방구를 열까 생각도 해 봤지만 이미 호되게 당한 처지 아닌가. 아예 다른 사업을 벌일 경험과 재정도 미천했다. 팬데믹 시대에 섣불리 개업한다는 것은 불에 뛰어드는 나방과도 같았다.

어차피 새로 무언가를 한다면 안정적인 것이 좋을 것 같았다. 그나마 실패할 확률이 적은 것을 시작하는 것이 당연했다. 급속도로 카페로 마음이 기운 나는 아내에게 물어봤다. 아내는 반신반의했다. 손이 빠르지 않고, 거기도 서비스 직종인데 괜찮겠냐며 걱정스럽게 나를 쳐다봤다. 아내의 반응에 나도 고개를 끄덕였다. 배우는 속도가 그닥 빠르지 않고 손도 굼뜬데 잘 할 수 있을까. 다들 몇 번은 해 보는 카페 알바도 해 본 적이 거의 없다. 기껏해야 대학 시절 교내 카페에서 몇 달 있었을 뿐이다. 손님 응대도 쉽지는 않을 것이다. 문방구에서 손님 때문에 숱한 어려움을 겪었는데 또 서비스 직종을 할 수 있을까. 거기라고 진상이 없을까.

불행 중 다행으로 염려만 떠오르진 않았다. 어디서 생겼는지 모를 자신감도 있었다. 가장인데 내가 못 할 일이 어디 있을까? 아무것도 모른 채 시작한 문방구를 여태까지 해오지 않았나. 카페 일도 배우면 되는 거지. 세상에 못 할 일이 어디 있겠어?

아내와 상의 후 결국 카페 일을 하기로 했다. 무식하면 용감하다고 했나. 나는 이번에도 '무모한' 도전을 해보기로 했다. 주위에서 보면 철딱서니 없다고 쯧쯧 혀를 찰지도 모른다. 이런 코로나 시대엔 진득하게 버텨봐야 하지 않겠냐며 훈수를 둘지도 모른다.

물론 카페 일이 녹록지는 않을 것이다. 3~40개가 넘는 음료 메뉴를 익힌 다음 손님이 기다리지 않도록 빨리 만들어야 한다. 계속 설거지하고, 전화 받고, 떨어진 재료를 신속히 채워 넣어야 한다. 까다로운 손님을 잘 응대하는 것도 필수다. 문방구에 종일 앉아 손님을 상대하는 것과는 정반대의 모습이다. 계속 서 있고, 정신없이 움직여야 한다. 앉아 있는데 익숙한 나의 생활 태도를 완전히 바꿔야 한다. 안일했던 나의 정신상태 역시 변해야 한다.

예전에 읽었던 『누가 내 치즈를 옮겼을까?』라는 책이 생각났다. 흔한 자기계발 이야기다. '스니프'와 '스커리'라는 생쥐와 꼬마 인간 '햄'과 '허'가 주인공이다. 이들은 복잡하고 어려운 미로를 통과해 치즈를 얻는다. 행복한 나날을 보내던 어느 날, 치즈는 온데간데없이 사라져버렸다. 자신들의 양식이자 즐거움이었던 치즈가 없어지다니…. '햄'과 '허'는 사실을 부정하고 불평만 해댄다. 하지만 '스니프'와 '스커리'는 한 치의 망설임도 없이 미로를 향해 나선다. 또 다른 치즈를 찾기 위해서.

나의 모습을 돌아보았다. 어쩌면 지금이 움직일 때가 아닐까. 가게 수입이 확연히 줄어들었다(언제나 그 자리에 있던 치즈가 없어졌다). 막연히 기다릴 수 있다. '코로나19가 끝나면 괜찮아지겠지(다시 치즈가 생길 거야)'라고 생각하면서. 다른 사람의 도움을 기다릴 수도 있다. 문방구를 좋은 가격에 인수할 누군가가 있진 않을까(누군가가 치즈를 갖다 줄 거야). 그렇지만 그 방법들이 옳지 않음을 안다. 어딘가에 있을 새로운 치즈를 향해 움직여야 할 때였다. 그것이 바로 카페였다.

대전에서의 6년 반. 나 자신도, 가정도 예전보다는 많이 안정되었다. 제2의 고향처럼 아늑하다. 문방구 일도 완전히 적응되었다. 지금 와서 다른 일을 한다는 것은 바보 같은 일일지도 모른다. 또다시 맨땅에 헤딩하면 어떻게 하나. 문제는 이뿐이 아니다. 낯선 곳으로 이사해야 한다. 아는 사람 하나 없다. 초등학교 3학년에 올라가는 아이도 새로운 친구와 사귀어야 한다. 벌써부터 이사 안 가면 안 되냐며 불안한 모습을 보인다. 아들아, 조금 이해를 해 주겠니? 지금은 어쩔 수 없구나.

미안하다.

　이런저런 어려움을, 한편으로는 새로운 일에 대한 기대감을 간직한 채 폐업의 시간이 다가오고 있었다.

고마움과
미안함을
뒤로하고

'언젠가는 문방구를 그만두겠지….'
하는 마음은 사실 예전부터 있었다. 그렇지만
금세 사그라들었다. 폐업을 생각한다는 건 내
게 사치였다. 먹고살기에 바빠 일절 다른 생
각은 할 수 없었으니까. 그 폐업이 실제로 눈
앞에 와 있다니. 묘한 기분이 들었다. 다음 달
에도, 내년에도 똑같이 가게 문을 열 것만 같
았는데….

폐업을 앞두고 있지만 특별히 달라진 건 없
다. 여전히 아이들은 왔고 장난감과 학용품

을 찾았다. 나는 그것들을 팔고 돈을 받고 거스름돈을 주었다. "그거 어디 있어요?", "이거 얼마예요?"라는 천편일률적인 아이들의 질문에도 성실히 대답해 주었다.

폐업을 앞둔 나는 새로운 일에 대한 기대감이 컸다. 언제나 시작은 설렘을 주기 마련 아닌가. 그와 함께 내가 느끼는 감정은 고마움이었다. 늘 한결같이 날 지지해주던 가족과 주위 지인들의 관심이 고마웠다. 무엇보다도 감사했던 건 문방구를 찾아 준 손님들이었다. 이들이 없었으면 1년, 아니 몇 개월 만에 그만두었을지도 모른다.

우리 문방구가 문을 닫는다면 조그마한 문방구는 동네에서 완전히 사라지게 된다. 햇수로 7년 했으니, 처음 문방구를 열때 초등학교 6학년 아이들은 올해 대학생이 되었다. 문방구는 그들에게 어떤 곳이었을까. 어떤 추억을 주었을까.

아이들은 비나 오나 눈이 오나 한결같이 문방구를 찾아왔다. 학교 끝나자마자 뛰어오다시피 들어와서 이것저것 고르곤 했다. 나중에 와서 산다며 장난감을 '찜'하는 아이가 있었고, 동전으로 몇천 원을 모아와서 그들에겐 비싼 장난감을 사가는 아이도 있었다. "오늘 나 '플렉스Flex' 했어!"라며 함박웃음을 짓던 그들의 얼굴이 떠오른다. 마치 세상을 다 가진 것처럼 행복했던 아이들. 문방구를 가득 채운 왁자지껄한 아이들의 웃음소리가 오래도록 들릴 것 같다.

가끔 들르시는 어르신들도 기억에 남는다. 몇 군데 돌아봐도 못 찾았는데 여기서 살 수 있어서 고맙다던 할머니의 허리굽은 모습이 생각난다. 오실 때마다 요즘 벌이는 괜찮냐며 물어봐 주시던 아저씨도 떠오른다. 맛보라며 과일을 주시던 아주머니의 넉넉한 마음도 기억난다. 이들의 마음 씀씀이로 삭막했던 문방구의 공기는 한층 따뜻해졌다.

이들에게 조금 더 친절하지 못했던 것이 마음에 걸린다. 아이들에게 따뜻한 말 한마디 건네지 못한 게 못내 아쉽다. 어르신들에게도 싹싹하게 인사 못 드린 게 죄송하다. 그저 가게 주인으로서만 손님들을 대했던 것 같다. 물건 잘 찾아주고, 계산해 주는 본연의 역할만 했을 뿐이다. 아쉬움은 왜 이렇게 마무리 지을 때만 생기는 걸까. 조금 더 일찍 알았다면….

고마움과 아쉬움을 뒤로 한 채 새로운 일을 시작하려 한다. 하는 일은 완전히 달라지지만, 기본적인 일상은 크게 변하지 않을 것이다. 아침 일찍 문 열고 저녁 늦게 문 닫기까지 계속 손님을 맞고 커피를 만들어서 건네줄 것이다. 새로운 곳에서 만날 새로운 사람들도 기대된다. 문방구에서의 아쉬움을 재료 삼아, 따스한 무언가를 그들에게 전하고 싶다.

그동안 문방구는 우리 가정을 지탱해 주었다. 일의 고됨과

안녕, 나의 문방구!

즐거움을 가르쳐 주었다. 나를 성장시켜주기도 했다. 나의 생활 터전이었던 문방구에 새삼 고마움을 느낀다. 마지막으로 문방구를 지켜주던 아이들에게도 인사를 전하고 싶다. 그동안 고마웠어!

인시리즈 자신만의 가치, 행복, 여행, 일과 삶 등 하루하루 살아가며 마음속에 저장해둔 여러분의 소소한
이야기와 함께합니다. 첫 원고부터 책의 완성까지, 생활프로젝트 '스토리 인' 시리즈

이대로 문방구를 하고 싶었다
문방구의 시작에서 끝, 본격 리얼 문방구 에세이

초판 1쇄 인쇄 2021년 12월 05일
초판 1쇄 발행 2021년 12월 10일

지은이. 이대로
펴낸이. 김태영

씽크스마트 미디어 그룹
서울특별시 마포구 토정로 222(신수동) 한국출판콘텐츠센터 401호 전화. 02-323-5609
웹사이트. thinksmart.media
인스타그램. @thinksmart.media
이메일. contact@thinksmart.media

•씽크스마트 - 더 큰 생각으로 통하는 길
'더 큰 생각으로 통하는 길' 위에서 삶의 지혜를 모아 '인문교양, 자기계발, 자녀교육, 어린이 교양·학습, 정치사회, 취미생활' 등 다양한 분야의 도서를 출간합니다. 바람직한 교육관을 세우고 나다움의 힘을 기르며, 세상에서 소외된 부분을 바라봅니다. 첫 원고부터 책의 완성까지 늘 시대를 읽는 기획으로 책을 만들어, 넓고 깊은 생각으로 세상을 살아갈 수 있는 힘을 드리고자 합니다.

•도서출판 사이다 - 사람과 사람을 이어주는 다리
사이다는 '사람과 사람을 이어주는 다리'의 줄임말로, 서로가 서로의 삶을 채워주고, 세워주는 세상을 만드는 데 기여하고자 하는 씽크스마트의 임프린트입니다.

•진담 - 진심을 담다
진담은 씽크스마트 미디어 그룹의 인터뷰형 홍보 영상 채널로 '진심을 담다'의 줄임말입니다. 책과 함께 본인의 일, 철학, 직업, 가치관, 가게 등 알리고 싶은 내용을 영상으로 만들어 사람들에게 제공하는 미디어입니다.

ISBN 978-89-6529-303-3 (03800) 값 9,500원

ⓒ 2021 씽크스마트
이 책에 수록된 내용, 디자인, 이미지, 편집 구성의 저작권은
해당 저자와 출판사에게 있습니다. 전체 또는 일부분이라도 사용할 때는
저자와 발행처 양쪽의 서면으로 된 동의서가 필요합니다.

스토리
인시리즈 자신만의 가치, 행복, 여행, 일과 삶 등 하루하루 살아가며 마음속에 저장해둔 여러분의 소소한 이야기와 함께
합니다. 첫 원고부터 책의 완성까지, 생활프로젝트 '스토리 인' 시리즈

서울시 마포구 토정로 222(신수동 한국출판콘텐츠센터 401호) | 전화 02-323-5609, 070-8836-8837

다多, 괜찮아 시리즈 01

엉뚱하고 자유로운 글쓰기도 괜찮아 8,800원

잘 쓰고 싶은데 왜 안 써질까?

"글쓰기로 개과천선"

사람들은 글쓰기를 잘하고 싶다면서
마치 특별한 글쓰기의 비결이라도 있는 줄로 착각한다
글쓰기는 요령의 문제가 아니라 사실은 삶의 문제다.
글을 잘 쓸 수 있는 삶을 살아야 하는 것이다.
요령이 아니라 삶을 고민해야 한다.

다多, 괜찮아 시리즈

다多괜찮아, 시리즈 02

뻔하고 발랄한 에세이도 괜찮아 8,800원

읽을땐 쉽지만 쓸 땐 왜 어려울까?

"에세이로 환골탈태"

글쓰기는 모방만으로 완성되지 않는다.
글쓰기는 표현이고 창조다.
당신은 글 쓰는 로봇이 되고 싶은가,
아니면 글 쓰는 나 자신이 되고 싶은가?

다 多, 괜찮아 시리즈 어떤 내용을 담고 있든 간에 '나'만이 쓸 수 있는 글이라면 다, 괜찮다고, 말하고 싶습니다.
다, 괜찮아 시리즈는 다양한 형태의 글쓰기를 환영합니다. 그것이 어떤 이야기이든, 당신만의 이야기라면 귀 기울여 듣겠습니다